两千年前的秋水莲开

# 楚辞

玉临风 / 著

中国华侨出版社

北京

# 前言

　　楚辞，以楚国三闾大夫屈原和同时代的宋玉为代表人物，汉代的东方朔、王褒、刘向等人紧随其后，感同身受于屈原的不幸遭际，形成了拟骚作家群体。而屈原的《离骚》是楚辞的代表作，是我国古代最长的政治抒情诗，所体现的强烈的爱国情操和主人公高洁的品质，成为忠臣义士的象征。其他作家的拟骚之作其主旨也大多围绕屈原的遭际与情感。

　　西汉刘向将屈原及拟骚作家的作品，加上自己拟作的《九叹》结集成册，题为《楚辞》，至东汉，文学家王逸为其作注，同时将自己所写的《九思》收录其中，于是便形成了如今我们看到的《楚辞》文本的通行篇目。由此，"楚辞"从一个泛指楚地文辞的称呼转而成了模拟屈原精神作品的专称，成了具有明确篇目的作品集。

　　楚辞之美，在于诡谲浪漫的想象，在于无怨无悔的恋慕，在于若即若离的渴盼，在于生命的肃杀和绝望。楚辞之美，注定了它能流芳百世。

　　楚辞中贯穿千古的文化意蕴以及文学价值赋予了自身永恒的魅力。文章里那些乱世的悲剧，怀才不遇的痛苦，忠贞见弃、清白遭逐的悲哀，挥之不去的荒谬现实，在长长的悲歌里被反复吟唱。

让我们在经历过人生的复杂之后，暂时放下心中的悲喜，听听那辽阔大地上的诗人所唱响的一支孤独的曲子，看看那泽畔的骚客，怎样把生命的悲歌唱成绝响。

# 目录

1

## 生存不易，愿世界温柔对你

## 不堪回首，故国早已经远去

天上人间，即使神仙也多情

# 良辰美景，心中的喜悦

## ——屈原《湘夫人》

帝子降兮北渚，目眇眇兮愁予。嫋嫋兮秋风[①]，洞庭波兮木叶下。

白薠兮骋望[②]，与佳期兮夕张。鸟萃兮蘋中，罾何为兮木上[③]。

沅有茝兮醴有兰，思公子兮未敢言。荒忽兮远望，观流水兮潺湲。

麋何食兮庭中？蛟何为兮水裔？朝驰余马兮江皋，夕济兮西澨[④]。闻佳人兮召予，将腾驾兮偕逝。

筑室兮水中，葺之兮荷盖[⑤]。荪壁兮紫坛，匲芳椒兮成堂。桂栋兮兰橑[⑥]，辛夷楣兮药房。罔薜荔兮为帷，擗蕙櫋兮既张[⑦]。白玉兮为镇，疏石兰兮为芳。芷葺兮荷屋，缭之兮杜衡。合百草兮实庭，建芳馨兮庑门。九嶷缤兮并迎，灵之来兮如云。

捐余袂兮江中，遗余褋兮醴浦[⑧]。搴汀洲兮杜若，将以遗兮远者。时不可兮骤得，聊逍遥兮容与。

**【注释】**

①嫋嫋（niǎo）：微风徐徐吹拂的样子。

②白蘋（fán）：水草名。

③罾（zēng）：用木棍或竹竿做支架的方形渔网。

④澨（shì）：水边。

⑤葺（qì）：用茅草覆盖房屋。

⑥桂栋：桂木做的梁栋。兰橑（lǎo）：木兰做的椽子。

⑦楣（mián）：隔扇。

⑧褋（dié）：无里之衣，即贴身穿的汗衫之类。

执子之手，与子偕老，二人相扶相携，安安稳稳走到白头，当是世人公认的完美爱情。可是，爱情有时也可因错过而美丽。

梁祝的爱情固然忠贞不渝，值得歌颂，却也是因了永恒的错过，才染上了美丽的哀愁，从此为人所记取，珍重千年。牛郎织女若非迢迢天河阻隔，不得长相厮守，那一年仅搭起一次的鹊桥，那"盈盈一水间，脉脉不得语"的深情，也就不至于如此倾倒凡俗，摄人心魂。

倘若爱情里没有错过，那来之不易的相聚，彼此心心相印的厮守，又怎会如此珍贵？

所以在屈原笔下，湘夫人需要耗费时间心血，苦苦等待，幽幽怨恨，湘君也必得尝一尝错身而过的滋味，这场爱情才会绽出美丽的色彩和姿态。

当湘夫人离开约会之地，乘舟北上，在楚地纵横的水路里辗转寻找情人踪迹时，湘君终于姗姗来迟。他站在洞庭湖的山岸边登临四望，却望不见她的倩影。

此时此刻，二人分明都怀着无比的深情，企盼见到彼此，却偏偏一人心生怨念，焦灼追寻，一人困惑失望，搔首踟蹰。

秋风阵阵吹来，洞庭湖上波浪翻涌，岸上树叶飘旋，放眼展望，一片空阔苍茫之景渐次铺开。清澈的流水潺潺，时日不知不觉在等待中推移不返，水边泽畔，美好的香草遍地生长，堪比伊人之美。

如此美景当前，若能与美丽的伊人相会，该是何等的喜悦！

若与她相会，应是在水中央一座别致的宫室内。宫室以碧绿荷叶为顶，用香荪为壁，紫贝装饰中庭，厅堂上撒满香椒，玉桂为梁，木兰为橼，辛夷为门楣，白芷点缀房间，薜荔为帐，蕙草挂上屋檐，白玉为座席，石兰为屏风，杜衡缠绕四周，总之是一座缤纷、芳香、华美、艳丽，能够与伊人相配的庭院。

宛在水中央的宫室，自然只是湘君的想象。可是，热恋之人的想象，却因了炽烈的爱意而变得流光溢彩，恍若宝石般璀璨晶莹。若不曾有这场美丽的错过，他怎知欢乐的难得、幸福的虚幻，怎会因一场神奇美妙的想象而确证心底饱满的真情。

可惜，从想象中回过神来，他心爱的神女仍然没有现身。伤心之余，他将情人的赠物扔向江心，却又立刻从水中绿洲采来杜若，打算赠送给远方的恋人。

至此，这场等待有一个怎样的结局已不重要，重要的是，你我都从中读出了悲哀和欢喜，读出了一份爱情所能拥有的庞大而美丽的、生生不息的生命力。

# 面对天命，生死之感叹

——屈原《大司命》

广开兮天门，纷吾乘兮玄云。令飘风兮先驱，使冻雨兮洒尘①。

君迴翔兮以下，逾空桑兮从女②。

纷总总兮九州，何寿夭兮在予！

高飞兮安翔，乘清气兮御阴阳。吾与君兮齐速，导帝之兮九坑。

灵衣兮被被③，玉佩兮陆离。壹阴兮壹阳，众莫知兮余所为。

折疏麻兮瑶华，将以遗兮离居。老冉冉兮既极，不寖近兮愈疏④。

乘龙兮辚辚，高驼兮冲天。结桂枝兮延伫，羌愈思兮愁人。愁人兮奈何，愿若今兮无亏。固人命兮有当，孰离合兮可为？

①冻（dōng）雨：暴雨。

②女（rǔ）：通"汝"，你，此处指众巫。

③被被（pī）：很长很大的样子。

④浸（jìn）：逐渐。



　　天门大开，大司命以龙为马，以云为车，命旋风在前方开路，指使暴雨洗净道路尘埃，盘旋降临人间。

　　这般声势浩大的排场，气壮山河的威严，叫人几乎以为从天而降的神祇是主宰一切的天帝。然而，抵达九州大地的神，不过是在天宫位列末班的大司命。只因他掌管人间生死，才被地上的子民赋予如此高的威望、如此大的气场。

　　"纷总总兮九州，何寿夭兮在予"，九州的黎民百姓，谁长寿，谁夭亡，都由大司命来定夺。对肉胎凡人而言，还有什么比生死更大的事？与之相比，至高无上的天帝反倒显得过于遥远了。对天帝，人们或许尊崇敬仰，对大司命，人们却是怀着无比的敬惧之心来祭拜的：有尊敬，也有畏惧，一如每个人对生的尊敬，对死的畏惧。

　　大司命只是"高飞兮安翔"，安闲地高高飞翔，便可"乘清气兮御阴阳"，乘着清明之气驾驭阴阳，凭借着万物阴阳生成之理，执掌生死存亡。这便是天命，看不见，摸不着，触碰不到，无可把握。在天命面前，人类如此渺小。那样一种存在于天地之间的未知而强大的力量，轻易便可翻转每个人的命运与生死，毫无道理可讲。

　　生死，终究不可避免，人的寿命自有定数，不可能大过天地永恒。

正因为如此，每一个个体，每一段生命的路程，才变得不可替代，贵重如斯。从一位掌管生死的神祇身上，人们期望得到什么？并非长生不死，而是期望借此探寻生命与死亡的奥秘。

想象一下，初生于蛮荒大地上的人类，最初想要解开的奥秘，或许便是生死。是什么带来了生，什么带来了死？为何有的人长寿，有的人还未长大便夭折？没有答案。所以人们创造出神祇，希望倾尽虔诚的信仰和供养，缓解天命的神秘和不可控。

如湘君与湘夫人一般，也有人说，男神大司命亦有女神少司命与之相配。高高在上的神祇之间的恋情，实在与凡尘俗人无异。这位气派高贵、唯我独尊的大司命，一旦遭遇爱情，也难免落入俗套。相聚与别离，厮守与疏远，思念与忧愁，诸般心绪，人神相通。哪怕是主宰生死的神，也逃脱不了爱情里的悲欢离合、喜怒哀乐。

先民们创造出了一位主宰人类生死的神，却未曾创造一个掌管人间悲欢的神，实在意味深长。面对生死，人们或许尚能决然以对，面对悲欢离合，却不免茫然无奈，慌了心神。只要人仍有七情六欲，便难逃过这一情劫，天下的男男女女也只能在此间浮沉，身不由己，心亦由不得己。

# 尽情生活，不辜负此生

## ——屈原《礼魂》

　　成礼兮会鼓，传芭兮代舞①，姱女倡兮容与②。春兰兮秋菊，长无绝兮终古。

**【注释】**

①传芭：舞者手持香草，相互传递。

②姱（kuā）女：美丽的女子。倡：发声先唱，领唱。

　　人如何对待神，其实便意味着如何对待自己。

　　屈原《九歌》所描绘的这一场场祭神之礼、娱神之式，何尝不是楚人犒劳自己、娱乐自己的仪式？《东皇太一》中"灵偃蹇兮姣服，芳菲菲兮满堂"的欢快热闹的祭神场景，《云中君》里"灵连蜷兮既留，烂昭昭兮未央"的神祇流连不去的灿烂景象，《东君》中"翾飞兮翠曾，展诗兮会舞"的流光溢彩的神巫之舞，体现的自然是人对神的礼敬和崇仰，却也是人的自我陶醉、自顾自的欢娱、自己赐予自己的狂欢。

神的威严，源于人对自然和生命的敬畏。神的多情，也是人的多情。

当祭神的仪式接近尾声，人们会敲起密集的鼓点，一边互相传递花朵，一边轮番地跳起舞。美丽的女子齐声歌唱，歌声舒缓从容，就这样热烈而隆重地将降临人间的神祇送走。送神之时，神对人间难免眷恋彷徨，人对神祇也依依不舍，可是仪式仍然庄重、欢快、华丽热闹，唯其如此，才更显出人神之间的情意深重。

所有人都希望这场迎神、敬神的仪式可以恒久地热闹下去，永无终结之日。希望神祇常驻人间，享用人们的供奉，聆听人们心底的渴盼，为人间驱赶灾厄，摒绝痛苦。希望春日供以兰，秋天供以菊，以时令之花把美好的愿望告于众神。让这美好的生活日日如此，岁岁如此，"长无绝兮终古"——人们之所以创造出神祇，耗费人力、财力和精力举办祭祀神灵的仪式，向自己创造出来的神祈福祷告，目的无非是愿春兰与秋菊，从此长无绝。

人们总是将散发着郁郁生机的芳草供奉在祭台之上，仿佛将整个南国大地的勃勃生命力都化入一场永恒的祈求：但求千秋万代生生不息。

美好的时光，美好的愿望，美好的生活。正是对一切美好事物的向往和追求，让先民们一步步跋涉过未知的黑暗和恐惧，一点点消融掉生命固有的痛苦与悲哀，坚韧而毅然地活了下来，并且创造出璀璨的艺术和文明，泽被后世。

# 避无可避，生命的哀伤

## ——屈原《少司命》

秋兰兮麋芜<sup>①</sup>，罗生兮堂下。绿叶兮素枝，芳菲菲兮袭予。夫人自有兮美子<sup>②</sup>，荪何以兮愁苦？

秋兰兮青青，绿叶兮紫茎。满堂兮美人，忽独与余兮目成。入不言兮出不辞，乘回风兮载云旗。悲莫悲兮生别离，乐莫乐兮新相知。

荷衣兮蕙带，儵而来兮忽而逝<sup>③</sup>。夕宿兮帝郊，君谁须兮云之际？

与女游兮九河，冲风至兮水扬波。与女沐兮咸池，晞女发兮阳之阿<sup>④</sup>。望美人兮未来，临风怳兮浩歌<sup>⑤</sup>。

孔盖兮翠旍<sup>⑥</sup>，登九天兮抚彗星。竦长剑兮拥幼艾<sup>⑦</sup>，荪独宜兮为民正。

【注释】

①麋芜（mí wú）：香草名。

②夫（fú）：那。美子：对他人子女的美称。

10

③儵（shū）：迅疾。

④晞（xī）：干，晒干。

⑤怳（huǎng）：心神不定，失意的样子。

⑥翠旍（jīng）：亦作"翠旌"，用翡翠鸟羽毛做成的旌旗。

⑦竦（sǒng）：执，持。


北宋"太平宰相"晏殊曾写下千古名句："无可奈何花落去，似曾相识燕归来。"他定是不断地体味着"花落去"的滋味，不断地触碰着光阴留下的痛楚，在反反复复的无可奈何中辗转叹息，才终于沉淀了心情，写下这两句词。

所有美好的东西都终将逝去，正如所有的花终将凋谢，而人在面对这种消逝时，总是无能为力的。可是，花会凋谢，燕子也会重新归来，生命里一切逝去的东西背后，一定隐藏着新生的喜悦。

每个人或许都活在"无可奈何"与"似曾相识"之间，在这两种状态间徘徊，生命中总有些事情无可挽回，令人徒然伤感，也总有另一些事物会在最绝望的转角处出现，带来一种似曾相识的温暖和慰藉。

千年之前的屈原在《少司命》中借少司命之口说出"悲莫悲兮生别离，乐莫乐兮新相知"时，大概也是如此心境。

这世间总有让人心碎神伤的离别，叫人分隔天涯海角，生生撕扯开两个人的心魂，从此漫长的思念和痛楚侵入每一个孤独的日夜，甚至每一次呼吸。可是，经历过离别的悲伤之后，也总会有新的际遇和新相知，带来惊喜和欢乐。

所以当大司命问他的恋人少司命"为何如此忧心忡忡"时，少司命虽以"悲莫悲兮生别离"作答，却立刻接续了一句"乐莫乐兮新相知"。悲哀固然难以避免，快乐也同样不请自来。

身为掌管人间子嗣的神，少司命每一次来到人间，都会遇到许多参加迎神祭祀的妇女，她们怀抱着繁衍子嗣的良好愿望，向神祇祈求，而少司命也会对此心领神会，尽量满足她们的心愿。女神少司命的多情，让人与神在虔心祈祷的瞬间通了灵犀。这个过程，对人间的女子而言，自然是一份难得的福祉，对天上的少司命而言，亦是欢喜。

有相知便有别离，有别离，也就必定会有新的相知，正如有生就有灭，有悲伤就有喜乐，一切都是自然，都是必然。亦如女神少司命身上，既有对待大司命时的温柔体贴、一往情深，亦有手持长剑保护儿童之时的凛然和坚毅。

生命的哀伤无可回避，而每个人都可以在生命的哀伤之后，为自己找回希望。若将生命里所有的缺失、遗憾，看作在此之后乍然降临的惊喜和欢悦的见证，人生或许也会因此精彩、美丽得多。

# 万物初生，希望永不灭

——屈原《东皇太一》

吉日兮辰良，穆将愉兮上皇。抚长剑兮玉珥<sup>①</sup>，璆锵鸣兮琳琅<sup>②</sup>。

瑶席兮玉瑱<sup>③</sup>，盍将把兮琼芳<sup>④</sup>。蕙肴蒸兮兰藉，奠桂酒兮椒浆。

扬枹兮拊鼓<sup>⑤</sup>，疏缓节兮安歌，陈竽瑟兮浩倡<sup>⑥</sup>。

灵偃蹇兮姣服<sup>⑦</sup>，芳菲菲兮满堂。五音纷兮繁会，君欣欣兮乐康。

**【注释】**

①珥（ěr）：剑鞘出口旁像两耳的突出部分，又称剑鼻。

②璆（qiú）：美玉。锵（qiāng）：金属发出的声音。

③玉瑱（zhèn）：玉器。瑱，通"镇"。

④盍（hé）：通"合"，会集。

⑤枹（fú）：击鼓槌。拊（fǔ）：轻轻敲打。

⑥竽（yú）瑟：两种古乐器。

⑦偃蹇（yǎn jiǎn）：形容巫师优美的舞姿。

有人说春是寂寞的。你看，大地苏醒，初绽出新绿，草长莺飞，美丽的生命竞相盛放，本是极好的盛景佳时，却偏偏华丽尽头是落寞，寂寞深处是无声。所有的蓬勃在一开始就无可避免地暗藏了毁灭的种子，所以有那么多敏感多情的诗人，在万物繁盛之时就已黯然神伤，遥遥叹恨着春尽后的狼狈。

贪恋春日好，才有春愁、春恨。

茫茫冰川迸裂开第一道缝隙，被冻僵的萧瑟大地上逐渐有了暖意，灰色的枯枝上生出新芽，早春花开，向人款摆摇曳，多情絮语——看着敛藏了整整一个冬日的世界慢慢回春，变得生机蓬勃，恐怕没有人能够抗拒这种万物新生的美好，尽管这种新生终有一日会残败凋零。

千年前的楚国先民，定然也是以如此欣喜的心情迎接每一年春日的降临。

那时的人们，想象天上有一位春神，叫东皇太一。他年年在冰天雪地之际降临人间，为人间带来浓浓绿意、勃勃生机，赠给农民一年的生计和希望，赠给诗人敏锐诗思，赠给期待爱情的少女怀春的契机。

凋零和毁灭，那是后来的事。此时，唯有生命初生的喜悦，弥漫于天上人间。

不知东皇太一是怎样高大俊伟的天神，只知楚地先民是以全部的热情和希冀来迎接这位神祇的，盼着他挥一挥衣袖，便为尘世洒下甘霖；盼着他轻轻一吐息，便为土地注入繁衍生命的力量。

所以，先民们慎重地选择吉日良辰祭祀春神。在最吉祥的日子，主祭者佩带着镶饰玉珥的长剑，整饬好身上华美的服饰，恭恭敬敬地做好祭祀的准备。献祭的供案上摆放着美玉和香草，祭品用蕙草包裹，桂椒泡制的美酒芬芳醉人，——敬献上神。

祭祀开始，祭巫举起击鼓槌，鼓声舒缓，祭歌安闲，随后，竽瑟齐鸣，声势震天，在这繁音曼舞、乐声浩荡的庄重而热烈的氛围中，春神即将降临。

"君欣欣兮乐康"，天神降临人间的姿态，如此欣喜安乐，让祭殿芳香馥郁，令人心旷神怡；也让祭祀的人群翩翩起舞，欢欣无边，喜悦无边。从此以后，春神定会赐福于人间，给人类的生命繁衍、农作物的生长带来福音。

对春的到来，楚人所想、所求，便是如此简单纯粹。

四季如歌，如歌的行板不会因为任何一个季节的美好而停滞，亦不会因为任何一个季节的残败而加快节奏。每一首歌都有它的精彩。春日可以是一首寂寞的歌，充满心碎神伤的哀叹，也可以是一首摒绝了痛苦的欢乐之颂，唯有万物初生的美侵袭心神，唯有永不熄灭的希望绽放华彩。

# 我以歌舞，赞颂我神明

## ——屈原《云中君》

浴兰汤兮沐芳，华采衣兮若英。灵连蜷兮既留<sup>①</sup>，烂昭昭兮未央。

蹇将憺兮寿宫<sup>②</sup>，与日月兮齐光。龙驾兮虎服，聊翱游兮周章。

灵皇皇兮既降，猋远举兮云中<sup>③</sup>。览冀州兮有余，横四海兮焉穷。

思夫君兮太息<sup>④</sup>，极劳心兮忡忡。

【注释】

①连蜷（quán）：形容身姿矫健美好的样子。

②蹇（jiǎn）：发语词。憺（dàn）：安居。

③猋（biāo）：迅速前进。

④夫（fú）：与"此"相对，即"彼"。

祭巫在兰草浸泡而成的香汤里沐浴，洗净了身体，然后穿上如

16

花儿般华彩美丽的正服，在祭殿迎神。这是一场盛大的祭神仪式，扮演云神的灵子正在神圣的殿堂里翩然起舞，神祇在他身上流连不去，让他的身体不断闪现神光。

沐浴，更衣，敛华容，着盛装，如此庄重深情，皆是人对神的尊崇和礼颂。而云神对人亦是多情，听他唱：我在天上时，可与日月齐光，既借日月生辉，亦可映日托月，今日乘驾龙车，树五方之帝的旌旗，来到人间，在供神的地方停驻，为不负你们的虔诚祈祷和祭祀之意，便姑且安然乐享这盛大的供奉，遨游人世，观览四方吧。

在那个古老的年代，天上的神与人间的人，似乎并未遥隔万里，只需一场虔敬庄严、热烈盛大的祭神之典，便可铺陈一条上达天听、下抵尘世的大道。人人心中皆有神祇，那些美丽多情、丰神俊朗的女神与男神，仿佛真实存在一般，存活于每个人的生命之中。人们相信春神会带来生命的希望，云神可普降甘露，赐予民间风调雨顺，大司命可定人之生死，少司命掌人间子嗣，太阳神伟大慷慨，驱散黑暗和阴冷，带来恒久的光热，河神以他的浩荡与胸怀，孕育出人类和文明，山神则以她的倩丽与缥缈，勾勒出壮丽秀美的大好河山……

因为有了神祇，万物有灵且美；因为神祇多情护佑，人世间方可安享太平康乐。所以迎神的仪式、祭神的过程，才值得庄重虔诚以待，值得倾注如许深情。

神祇虽然多情，却不能长久在人间逗留，一旦祭享结束，便要折返天上。人与神，到底是有隔的。云神游览九州四海，体察下情，向世人许诺云行雨施、风调雨顺，是倾囊相授，平易亲近；而云神一开始在迎神仪式里驾着龙车皇皇降临，最后忽然如旋风般上升，重回天上云中，却是威严不凡，是高高在上的尊贵。

神对世人，是施与，是恩赐；世人对神，是景仰，是依赖。祭祀仪式的结尾处，面对云神高贵而决然的离去，人们"思夫君兮太息，极劳心兮忡忡"，无可挽留，只好徒然思念，满心忧伤。

何以思念白云、愁肠百结？因为楚地的先民们尚未知晓人类的强大。他们只知道，风吹云散之际，人的无助、无力会显得格外明晰。若非神的垂怜，他们便撑不过那滴水不降的焦渴季节，无法在广袤无垠的天地间笃定地生存，无法在苍茫渺远的未知面前不被恐惧击倒，不失去希望。

谁都希冀云神永爱世人，永佑人间，可是谁都知道，若不是这世间仍有天灾人祸，云神带来的风调雨顺也就不会那样珍贵，需要用一场又一场盛大的仪式，舞之蹈之，歌之颂之。

# 明亮温暖，多情的日神

——屈原《东君》


　　暾将出兮东方①，照吾槛兮扶桑②。抚余马兮安驱，夜皎皎兮既明。

　　驾龙辀兮乘雷③，载云旗兮委蛇④。长太息兮将上，心低徊兮顾怀。

　　羌声色兮娱人，观者憺兮忘归。

　　缅瑟兮交鼓⑤，箫钟兮瑶簴⑥。鸣篪兮吹竽⑦，思灵保兮贤姱⑧。翾飞兮翠曾⑨，展诗兮会舞。应律兮合节，灵之来兮蔽日。

　　青云衣兮白霓裳，举长矢兮射天狼。操余弧兮反沦降，援北斗兮酌桂浆。撰余辔兮高驼翔，杳冥冥兮以东行。


**【注释】**

①暾（tūn）：刚出的太阳。

②槛（jiàn）：栏杆。

③龙辀（zhōu）：龙驾的车。

④委蛇（wēi yí）：弯曲绵延，在此引申为飘动舒卷的样子。

⑤緪（gēng）瑟：张紧瑟上的弦。

⑥瑶：应为"摇"，使动摇。簴（jù）：通"虡"，悬挂钟磬的木架两侧的立柱。

⑦篪（chí）：古代管乐器的一种。

⑧灵保：神巫。贤姱（kuā）：贤且美。

⑨曾（zēng）：通"翻"，举起翅膀。


当远古的人类孤独站立于苍茫天地间，仰望头顶那轮光芒万丈、明亮温暖的太阳时，心底充满敬畏、崇拜。生命的诞生，万物的生长，皆离不开太阳。所以，对太阳的歌颂，对太阳神的祭拜，几乎是古今中外一个永恒的主题。

在先秦时期的楚地，先民们想象东方的天空有一位日神东君，每日驾着天马和太阳之车，由东至西不疾不徐地行驶，把光与热遍洒人间。

这位神祇是如此慷慨无私，山川大地，九州四海，无不受到他的照拂；这位神祇还如此多情，白日将尽，黑夜来临，他竟然为此"长太息兮将上"，叹息自己即将飞升上天，回到他的栖息之所，不能再徘徊于人间，为天地带来光明，继续履行这神圣的职责，因而内心充满眷念彷徨。

他陶醉于驾起龙车时车马轰隆作响的声音和飘动的绚丽云旗所带来的快感；陶醉于为人间带来一切希望和力量的荣耀，以至于乐而忘返。

为什么不呢？人间迎祭日神的场面是这样盛大热闹，人们弹起琴瑟，敲起钟鼓，奏篪吹竽，轻盈起舞，应律而歌，众神闻声，遮天蔽日纷纷降临。无论天上人间，生命本就该这般肆意纵情。掌管生命之源、光明之源的神祇，更当雍容英武，伟大无敌，有崇高的博爱，有炽热的情怀，为自己也为人间带来无上的福祉。

日神东君眷念着人间万物，以至于在暮色降临之后，在黑夜的天空里，仍旧继续为人类工作着。他举起长箭，去射那贪婪成性、欲霸占他方的天狼星，操起天弓，阻止灾祸降到人间，然后以北斗为壶，斟满桂花美酒，向大地倾倒，赐下福祉，随后驾着龙车继续前行，直至夜色褪下它黑色的皮肤，直至晨光熹微，光明再度普照天地。

这一番描绘，当真大气。试想，除了君临天下的日神，还有谁能够射杀天狼，以北斗斟酒？辽阔的天地，无际的星辰，成了日神东君小试身手的背景。而这位神祇，真正心之所系的，却是脚下的九州大地、人间万物。白天，他驾驭太阳，大放光彩；黑夜，他收敛光芒，却仍为护佑人间而战，为人类赐福。这般多情醇厚的神，无怪乎楚人祭拜他时，最为虔诚热烈，无怪乎屈原也为他写下最华美的祭祀之辞。

# 寻寻觅觅，哪里有答案

——屈原《远游》节选

　　朝发轫于太仪兮，夕始临乎于微闾。屯余车之万乘兮，纷溶与而并驰。驾八龙之婉婉兮，载云旗之逶蛇。建雄虹之采旄兮①，五色杂而炫燿②。服偃蹇以低昂兮，骖连蜷以骄骜。骑胶葛以杂乱兮，斑漫衍而方行。撰余辔而正策兮，吾将过乎句芒③。历太皓以右转兮，前飞廉以启路。阳杲杲其未光兮④，凌天地以径度。风伯为余先驱兮，氛埃辟而清凉。凤凰翼其承旗兮，遇蓐收乎西皇。擥慧星以为旍兮⑤，举斗柄以为麾。叛陆离其上下兮，游惊雾之流波。时暧曃其曭莽兮⑥，召玄武而奔属。后文昌使掌行兮，选署众神以并毂。路曼曼其修远兮，徐弭节而高厉。左雨师使径侍兮，右雷公以为卫。欲度世以忘归兮，意恣睢以担挢⑦。内欣欣而自美兮，聊媮娱以自乐。涉青云以汜滥游兮，忽临睨夫旧乡⑧。仆夫怀余心悲兮，边马顾而不行。思旧故以想象兮，长太息而掩涕。汜容与而遐举兮，聊抑志而自弭。指炎神而直驰兮，吾将往乎南疑。

①采旄（máo）：用旄牛尾装饰的彩旗。

②燿：同"耀"。

③句（gōu）芒：古代神话传说中的主木之官。又为木神名。

④杲杲（gǎo）：明亮。

⑤旍（jīng）：亦作"旌"，用牦牛尾和五彩羽装饰竿头的旗子。

⑥暧曃（ài dài）：昏暗不明的样子。曭（tǎng）莽：晦暗朦胧的样子。

⑦恣睢（zì suī）：放任自得的样子。担挢（jiē jiǎo）：高举。

⑧临睨（nì）：俯视。



在漫长的流放生涯里，不知屈原是否曾叩问过天地、命运，是否曾向心灵的更深处追溯，只为寻求一个能够说服自己的答案。

当他在悲叹之余渺观宇宙时，定然感慨过宇宙的辽远壮阔，世俗的卑狭浅陋，也因此意识到人身在宇宙天地面前的渺小和短暂。这一具沉重的肉身束缚住他，然而他的灵魂不受约束，仍可纵情遨游至天的尽头。

屈原写《远游》辞，开篇便道："悲时俗之迫阸兮，愿轻举而远游。"只因悲伤于时俗的困厄，才想要飞升登仙，去远处周游，为了给悲痛哀伤的心灵一个出口，亦是为了逃避这个过于狭小、世俗、卑下的尘世。

总以为答案和出路在远方，所以他上天入地，在神仙的不死之乡逗留，登上彩霞，拥着浮云，出入天门，造访星辰。又从天宫出发，到达东北方盛产美玉的医巫闾山，乘着天马，拜访东方木神句芒、东帝太皓，让风神飞廉在前方开路，在西帝那里与金神蓐收相见。他甚至可以摘下彗星当作旌旗，举起北斗星的斗柄用来指挥，唤来北方之神玄武跟随相伴，让文昌星帮他掌管行程，安排众神并驾前行，左边让雨师随侍，右边让雷公保驾，就这样浩浩荡荡、恣意洒脱地在云海波涛中漫游流连。

想象中的远游，几乎是无所不能的。不过倏忽之间，他便可经由东方之极，游至西天的边界，一下子身在北极的冰寒之地，一下又置身于温暖芬芳的南国，向上他可直触闪电的至高空隙，向下可穷尽大海之至深。天地宇宙，辽阔无际，而这场纵横四海八荒的远游又是这样和乐安然，让他觉得自己那点微小的烦恼简直不值一提。

他的心自由随意地出入人神两界，似乎已了无牵挂，全然摆脱了尘世的桎梏。然而，当他在飞越层云，忽然俯瞰故乡田野平原时，远游之前感受到的那份悲伤，仍是毫不容情地侵袭了他的心神。他尽可以自由自在地遨游天上，故乡却仍是他心底最深的牵系。他想要见到故友，想回到属于他的朝堂，想实现他复兴家国的政治理想，可惜他所想所念，全都不可能成真，所以他只能"长太息而掩涕"，在众神的陪伴和簇拥下，在这场喜悦欢乐的远游途中，涕泪滂沱。

天上安乐，终究解不了人间愁苦，正如一场逃避，不能换来出口和答案。可是这场逃避真正是壮美的、浪漫的。世间的事，哪有诸多答案可言，不过是得过且过，过不去，也就罢了，真正重要的是过程，而非结局。如屈原，此生都不曾跨过那道现实的沟壑、心灵的深渊，而他笔下的美，精神世界的壮阔，却分毫不缺地留存下来，至今仍在世人心底回响不绝。

万水千山，满载思念的情感

# 忧伤不绝，如水之绵绵

——屈原《抽思》节选

倡曰：有鸟自南兮，来集汉北。好娇佳丽兮，牉独处此异域 ①。既莞独而不群兮 ②，又无良媒在其侧。道卓远而日忘兮 ③，愿自申而不得。望北山而流涕兮，临流水而太息。望孟夏之短夜兮，何晦明之若岁！惟郢路之辽远兮，魂一夕而九逝。曾不知路之曲直兮，南指月与列星。愿径逝而未得兮，魂识路之营营 ④。何灵魂之信直兮，人之心不与吾心同！理弱而媒不通兮，尚不知余之从容。

乱曰：长濑湍流，泝江潭兮 ⑤。狂顾南行，聊以娱心兮。轸石崴嵬 ⑥，蹇吾愿兮。超回志度，行隐进兮。低徊夷犹，宿北姑兮。烦冤瞀容 ⑦，实沛徂兮。愁叹苦神，灵遥思兮。路远处幽，又无行媒兮。道思作颂，聊以自救兮。忧心不遂，斯言谁告兮！

【注释】

①牉（pàn）：分离。

②茕（qióng）：孤独。

③卓：同"逴（chuō）"，远。

④识（zhì）：辨认。营营：形容来回走动的样子。

⑤泝（sù）：逆流而上。

⑥轸（zhěn）：通"畛"，田间道路。崴嵬（wēi wéi）：形容石头高低不平的样子。

⑦瞀（mào）容：心情烦乱不安。容，通"傛"，不安。

从《离骚》开始，"长太息以掩涕兮"便成为屈子辞赋的基调。他心底茫茫的悲哀和忧伤，锥心蚀骨的痛楚和孤独，无法言喻的苦闷愤懑，以及贯穿整个生命的憾恨，化身为一首首铺张扬厉、华美浪漫、悱恻哀伤、大气瑰丽的哀歌，与南方的草泽水畔融为一体，唱响楚国的兴亡命运。

写《抽思》时，楚怀王尚在，而屈原也不过被贬至都城附近的汉北之地，一切还不至于像后来那般不可挽回。他写秋风起，长夜漫漫，君王背弃约定，又屡屡发怒，百姓混沌糊涂，不明真相，写自己想要剖白衷肠，君王却不肯听取，写小人极尽陷害之能，将他当作祸患——所有的这一切，萧瑟，煎熬，痛苦，惊惧，怅恨，怨愤，无奈，悲愁，最终都化作如水的忧伤。

只是如水的忧伤而已。此时的屈原，还不曾有过黑色的绝望。

忧伤的颜色如水，或透明，或黄浊，或碧绿，或青蓝；忧伤的形状亦如水，随时而变，随物换形，风起时，波浪翻涌，雨落时，水潮高涨，晴日时，是一汪明镜，掬一捧在手心时，它是手心的形状，东流入海时，是奔腾的浪子，停留在山间内陆时，是沉静的处子。

当屈原哀叹自己既忠贞又有才华，却遭受流放，独居异乡，不能合群，不能为君所用时，忧伤便如浑浊的波浪，日夜在他心底翻涌。这股波浪里，有一种阴暗的悲伤，让他对命运心有不甘，对辜负了他的君王生出怨尤之情。没有媒介，言路不通，他想向君王陈说心志，却不会有任何人知晓他的所思所想。他身在僻远之处，即使写下这首辞赋，也不过聊解忧思，抵达不了谁的耳际，而他内心深处的痛苦，仍然不知该向谁说。

其实哪里是不知向谁说，他想要倾诉的对象从一开始就只有他心心念念的君王。君王不肯倾听，他内心该多无奈。

初夏的漫漫长日里，他望着北山落泪，对着流水叹息，度日如年，黑夜虽然短暂，他却难以入眠。回到国都的路途并不遥远，他却道"惟郢路之辽远"，遥远的不是路程，而是他的心与君王之心的距离。最终，他只能让灵魂翻山越岭，趁着黑夜前往。星辰在天上指认南去的路，路上石头高低不平，沙石滩上流水湍急，灵魂尚且徘徊踟蹰，走得犹疑而艰难。他自己呢？只怕再也不能踏上归去的路，而这份忧伤，只怕也终生不可治愈。

# 时命难合，贤士的孤独

## ——淮南小山《招隐士》节选

桂树丛生兮山之幽，偃蹇连蜷兮枝相缭。山气茏苁兮石嵯峨①，溪谷崭岩兮水曾波②。猿狖群啸兮虎豹嗥③，攀援桂枝兮聊淹留。王孙游兮不归，春草生兮萋萋。

【注释】

①茏苁（lóng zǒng）：云气迷蒙。嵯峨（cuó é）：山势高峻。
②崭（chán）岩：险峻。曾（céng）波：水势奔涌。
③嗥（háo）：咆哮。

西汉淮南王的门客作《招隐士》招贤纳士时，断然不会料到，一句"王孙游兮不归，春草生兮萋萋"，竟会在后世的闺怨诗词里千百遍地还魂重生。

"王孙游兮不归"，当是闺怨题材的滥觞。若没有永远奔波在江湖风烟，为功名拼搏的文士，怎会有永恒伫立在高楼苦等痴盼，为爱情所苦的女子？年复一年，春草枯萎了又生，女子盼望远人归来，行人在远方念归，不过，千百年来，"不归"才是不变的现实，所以这一篇辞赋才会为人吟唱至今，"春草萋萋"的意象才会成为春愁、闺怨的象征。而《招隐士》的本意，反倒为人淡忘了。

汉武帝时期，各地诸侯都极重视招贤。所谓"招隐士"，是淮南王欲将在山中隐居的才士招至自己麾下、为己所用之意。文中反复强调山林环境的险恶，呼唤隐士归来：你们看，山中桂树丛生遍布山谷，树干虬曲，枝条交互缠绕，山雾迷蒙，石峰高耸，溪涧险峻，奔涌而出，猕猴长嘶，虎豹咆哮，如此艰苦险恶，山中怎可久留？

比起公事公办的招纳人才的方式，一篇文采斐然的《招隐士》，想必更能激起山间隐士的共鸣。无独有偶，曹操求贤若渴时，也曾作《短歌行》："对酒当歌，人生几何？譬如朝露，去日苦多。慨当以慷，忧思难忘。何以解忧？唯有杜康。青青子衿，悠悠我心。但为君故，沉吟至今。呦呦鹿鸣，食野之苹。我有嘉宾，鼓瑟吹笙。明明如月，何时可掇？忧从中来，不可断绝。越陌度阡，枉用相存。契阔谈讌，心念旧恩。月明星稀，乌鹊南飞。绕树三匝，何枝可依？山不厌高，海不厌深。周公吐哺，天下归心。"

渴望择明主而从之的贤才，读到如此慷慨大气、才华横溢，且又通达的求贤文，只怕会感动得泣下沾襟。若我们想想屈原见弃的悲哀，宋玉终生仕途难显的狼狈，东方朔壮志无处可施的无奈，便禁不住感慨，他们难道不是贤才吗？当求才若渴的君王四处求贤时，为何这些有才之人倾尽了忠诚、才华、心血，却只能换来遭逐见弃的结局？

曹操问四方贤士：绕树三匝，何枝可依？言下之意自然是希望天下有才能的人都来依靠他这棵大树，殷殷盼才之意，溢于言表。而若由屈原、宋玉、东方朔这些怀才不遇之人来发问，这个问题便有了凄苦和苍凉。

绕树三匝，何枝可依？他们分明已经有了可以依傍的树枝，却流浪在生命最深的荒凉里，孤苦伶仃，无依无靠。

是谁错了？君王求贤是真，日后弃贤也是真；臣子愿意尽忠是真，无从尽忠也是真。或许谁都没有错，错的只是时下那颠倒黑白的世界，是时命难合的悲哀，是曲高和寡的孤独。

# 也有美好，永不被摧毁

——屈原《悲回风》节选

悲回风之摇蕙兮，心冤结而内伤。物有微而陨性兮，声有隐而先倡。夫何彭咸之造思兮，暨志介而不忘①！万变其情岂可盖兮，孰虚伪之可长！鸟兽鸣以号群兮，草苴比而不芳②。鱼葺鳞以自别兮③，蛟龙隐其文章。故荼荠不同亩兮，兰茞幽而独芳。惟佳人之永都兮，更统世而自贶④。眇远志之所及兮，怜浮云之相羊⑤。介眇志之所惑兮，窃赋诗之所明。

【注释】

①暨（jì）：与，和。介：坚固，坚定，坚贞。

②苴（chá）：枯草。

③葺（qì）：整理。

④贶（kuàng）：赐与。

⑤相羊：漂浮、游荡、没有凭依的样子。

宋玉一曲《九辩》，实已言尽悲秋之慨。在"草木摇落而变衰"的季候里，生命亦淹留在萧瑟的深秋，有感于天地四季，发人生四时之悲叹，这番感物言情的情怀，确是振聋发聩，入骨入髓。

　　屈原提笔记下秋夜里闻回风之起的情景时，却不只是如此心境。他也感到悲伤，"悲回风之摇蕙"，见深秋浩荡而寒凉的疾风穿越天地，无情摇落蕙草，继而凋伤万物，于是"心冤结而内伤"。可是，他的悲伤并不直指自身遭遇的坎坷不平，而是一种对万物陨落凋残的悲悯，对美好事物受到摧残而毁灭的悲剧命运的痛惜。

　　若只纠结于一己命运和得失，屈原大可不必为一时的坚持不屈付出如此高昂的代价。他也可以稍稍委屈自己，放低心气，对现实做些许妥协，好换来一些安宁的日子。倘若他并不真心爱着他的家国，那么，糊涂一点、混沌一点又何妨？

　　可惜不能。

　　天下之事千变万化，可是真相终究无法被掩盖，虚伪也不会保持长久。古代的贤臣放在今日，也依旧是贤臣，并不因命途不济而遮掩掉他的光辉。向世俗妥协很容易，只需对丑恶保持沉默，然而摧眉折腰，安能长久？更何况物以类聚，人以群分，鸟兽鸣叫，从来都只寻找同类，枯草、荣草无法在一起散发芳香，苦菜和甜菜也不能在一块田里生长，君子永远都那么美好，如兰花茝草般，永远在幽僻之地独自散发芬芳，怎可与世俗同流合污，玷污了他的清高？

　　所以他清醒地看到秋风震荡了蕙草，所及之处，草木凋零，虫鸟衰亡，万物都在秋凉中褪去了生命的鲜艳。好比朝堂上的小人迷惑了君王，逼走了贤臣，继而动摇了他心爱的楚国的根基，让它不可逆转地一步步走向灭亡。

万物凋伤，山河永寂，原本就是蕙草摇落后必然的结局，一切都是自然的过程，无可挽回。可是他害怕楚国的大好江山也如同进入深秋的山河万物般，凋谢了容华，从此陷入恒久的沉寂。

他知道秋风初起时，总是最先凋陨了蕙草的微弱生机，在暴力与恶面前，美好高洁的事物总是最早被毁灭的，正如在奸佞小人的戕害下，也总是贤人先丧。但他不愿意就此绝望，而宁愿相信"兰芷幽而独芳"。

最后他的家国江山沦亡于秦国之手，应了"山河永寂"的结局，但是楚地文化源远流长，从未断绝，他写下的楚辞也流传至今，他的气骨和心志，更为后人传颂不已，这算是应了他"兰芷幽而独芳"的良愿：总有一些美好会在恶的逼迫下丧失生机，也总有另一些美好，坚韧不屈，独立不移，即使死去也能再生，永不可能被摧毁。

# 高山流水，难遇知音人

——刘向《忧苦》节选

悲余心之悁悁兮，哀故邦之逢殃。辞九年而不复兮，独茕茕而南行。思余俗之流风兮，心纷错而不受。遵壄莽以呼风兮①，步从容于山廋②。巡陆夷之曲衍兮，幽空虚以寂寞。倚石岩以流涕兮，忧憔悴而无乐。登巑岏以长企兮③，望南郢而窥之。山修远其辽辽兮，涂漫漫其无时。听玄鹤之晨鸣兮，于高冈之峨峨。独愤积而哀娱兮，翔江洲而安歌。三鸟飞以自南兮，览其志而欲北。愿寄言于三鸟兮，去飘疾而不可得。

## 【注释】

①壄（yě）：即"野"。

②廋（sōu）：山崖弯曲的地方。

③巑岏（cuán wán）：高峻的山峰。

《列子·汤问》载："伯牙善鼓琴，钟子期善听。伯牙鼓琴，志在登高山，钟子期曰：'善哉，峨峨兮若泰山！'志在流水，钟子期曰：'善哉！洋洋兮若江河！'伯牙所念，钟子期必得之。"

高山流水遇知音。试想，若有这么一个人，你鼓琴时，琴弦里每一处细微的触动，他都听得到，琴弦里每一道隐秘的心事，他都懂得，这是何等的喜悦和安慰。正因为这种喜悦太过盛大，所以，子期死后，伯牙因此而绝弦。

北魏诗人陆凯曾从江南给远在长安的友人范晔寄去一枝梅花，赠诗曰："折花逢驿使，寄与陇头人。江南无所有，聊赠一枝春。"无尽风雅，不涉功利，也是知己之意。这样的知己，唯有高山流水处可遇。尘世低俗处、卑下处，绝不可能有真正的知己。所以刘向笔下的屈原，如此清高孤傲，不仅置身于流放之地时孤单凄凉，无人为伴，他的灵魂，亦是曲高和寡，无人可与之同行。

这或许才是真正的孤独。

楚国世俗混沌之风盛行，而屈原离开故国已九年，归去之日遥遥无期。他日日哀叹邦国遭遇祸乱，日日登上险峰踮脚站立，眺望都城和家乡，可是未来总是一片茫然。若他在这世间尚有并肩而行的友人，能够懂得他的高洁清白，懂得他痛苦却又九死不悔的坚持，他的流放生涯或许会好过许多。至少他的怨愤能少一点，不至于"倚石岩以流涕兮，忧僬悴而无乐"，不至于在孤愤郁积之时，需要苦中作乐地在江中小洲上歌唱，不至于在生命的尽头，时命难合的悲哀仍然在他的心里横冲直撞，直到他的人生再也无路可走。

所谓知己，便是如此：当你独自一人面对寒凉世间、冷漠人群时，当你与全世界为敌，被所有人抛弃时，当你坚持一个孤高的理想，保留一份不切实际的幻想时，他会在你身边，支撑你，扶持你，或者至少，他懂你，不会误解你。

屈原一生所求，也无非是有人可以懂他、理解他，高山流水处有人共品。他看到三青鸟从南方飞来，便想要托它们捎信，可是它们飞得太快，追赶不上，这样的境遇，何尝不是他一生的写照：直到遭逐见弃，他才发现自己一直都太透彻、太清醒，看得太远，精神的世界太过辽阔，将君王和小人们远远抛在身后，以至于当他想要寻求君王的理解时，才知他的渴盼其实是那一只飞得太快的三青鸟，而他与君王，此生已无法再度抵达彼此心间。

# 魂魄难返，落叶难归根

——屈原《大招》节选


青春受谢，白日昭只。春气奋发，万物遽只<sup>①</sup>。冥凌浃行<sup>②</sup>，魂无逃只。魂魄归来！无远遥只。

魂乎归来！无东无西，无南无北只。东有大海，溺水㳌㳌只<sup>③</sup>。螭龙并流，上下悠悠只。雾雨淫淫，白皓胶只。魂乎无东！汤谷寂寥只。魂乎无南！南有炎火千里，蝮蛇蜒只。山林险隘，虎豹蜿只。鳙鱅短狐<sup>④</sup>，王虺骞只<sup>⑤</sup>。魂乎无南！蜮伤躬只。魂乎无西！西方流沙，漭洋洋只。豕首纵目<sup>⑥</sup>，被发鬤只<sup>⑦</sup>。长爪踞牙，诶笑狂只<sup>⑧</sup>。魂乎无西！多害伤只。魂乎无北！北有寒山，逴龙赩只<sup>⑨</sup>。代水不可涉，深不可测只。天白颢颢<sup>⑩</sup>，寒凝凝只。魂乎无往！盈北极只。

魂魄归来，闲以静只。自恣荆楚，安以定只。逞志究欲，心意安只。穷身永乐，年寿延只。魂乎归来！乐不可言只。


【注释】

①遽（jù）：争相。

②冥：幽冥，幽暗。凌：驰骋。浃（jiā）：遍。

③滺滺（yóu）：水流迅疾的样子。

④鳎鳙（yú yōng）：神话传说中的鱼。

⑤王虺（huǐ）：大蛇。骞（qiān）：抬头。

⑥豕（shǐ）首：猪头。

⑦鬤（ráng）：毛发蓬乱的样子。

⑧诶（xī）笑：嬉笑。

⑨赩（xì）：赤色。

⑩颢颢（hào）：白茫茫。

 

一日，楚国鄂君子晳坐船出游。有一位越人船女看见他，心生敬慕，于是对他歌唱："今夕何夕兮，搴舟中流。今日何日兮，得与王子同舟。蒙羞被好兮，不訾诟耻。心几烦而不绝兮，得知王子。山有木兮木有枝，心悦君兮君不知。"歌声悠扬缠绵，委婉动听，鄂君听过翻译大受感动，当即走过去拥抱船女。

这便是后来成为楚辞艺术源头之一的《越人歌》。这一阕《越人歌》，荡开双桨，划过越地柔媚的水波涟漪，从春秋穿越而来，最终在楚地生根，结出硕大美丽的文学之花。而"山有木兮木有枝，心悦君兮君不知"的动人表达，此后更成为男女间最朴素纯粹、明净纤婉的爱情表白。

然而，在屈原的世界里，"心悦君兮君不知"却是难以言说的悲恨。

楚怀王也曾有过执政清明的时期。彼时，君王立志革新，雄心勃勃，臣子竭忠尽力，出谋划策，君臣合力，国力蒸蒸日上，未来一片光明。这个时候，是心悦君兮君亦知，君臣相悦。

后来，改革触犯贵族利益，使整个朝堂都将愤怒的矛头指向力主变革的屈原，君王则被小人蒙蔽，看不清现状，迷失了方向，更失去了对忠臣的信任，结果，贤臣见疏，小人得志，国事堪忧。这时，君王的"悦"不再，臣子的"悦"也多了几分"悲"和"怨"。

再后来，楚怀王被秦王诱骗，客死异乡，屈原为他写下招魂之辞。此时，便当真是"心悦君兮君不知"了。于流放之际，他固然是恨，是怨，到底还是思念着君王，只盼着有一日君主能够回心转意，了解臣子的一番苦心。如今，他满心思念的君王成了一堆白骨，成了飘荡在异乡的孤魂野鬼，他即便想要表白心志，也无人可诉，而君王也再无法得知他的怀念和深情了。

即便如此，他也仍旧不改初衷，心心念念，只盼君王安好。冬去春来，温暖阳光洒遍大地，面对世间万物竞相生长的景象，屈原向天地呼唤："魂魄啊你不要逃，快点归来吧！不要往东，东方有浩瀚的海洋，水深流急，更有螭龙出没，雾雨淫淫，天地间一片茫茫；也不要往南，南方有赤炎千里，山林险峻，蝮蛇虎豹横行，还有怪鱼鳎鳙和含沙射人的短狐，会伤害你的身体；不要往西，西方有无边无际的流沙，那里有眼睛竖长、披头散发、长爪利齿的怪物；更不要往北，北方有寒冷的山岭、遍体通红的烛龙，又有无从涉渡、深不可测的代水。魂啊，归来荆楚大地吧，这里闲适又安静，可以自在遨游，一切如你所愿。"

这是真正的"心悦君兮"：分明只是一个让他伤透了心的君主，可是在君主身死之后，屈原却满怀深情厚谊，唯愿他的魂魄能够平安穿越千山万水，回到闲适安静的大地，回到温情脉脉的家国，落叶归根。

# 世事无常，吾心亦无悔

——王褒《匡机》

极运兮不中，来将屈兮困穷。余深愍兮惨怛<sup>①</sup>，愿一列兮无从。

乘日月兮上征，顾游心兮鄗酆<sup>②</sup>。弥览兮九隅，彷徨兮兰宫。芷闾兮药房，奋摇兮众芳。菌阁兮蕙楼，观道兮从横。宝金兮委积，美玉兮盈堂。桂水兮潺湲，扬流兮洋洋。蓍蔡兮踊跃<sup>③</sup>，孔鹤兮回翔。

抚槛兮远望，念君兮不忘。怫郁兮莫陈，永怀兮内伤。

**【注释】**

①愍（mǐn）：悲痛。惨怛（dá）：忧伤。
②鄗（hào）：又作"镐"，周武王所经营的都城。酆（fēng）：周文王所建都城。
③蓍（shī）：即"耆"，老。蔡：大龟。

世事难料，人生无常，对那些错过的人和错过的事，过后回望，只能自责，或报以深深的遗憾。

41

但是，任你如何自责、遗憾，世事无法重现，人生也不可能重来。站在人生的交叉路口，向前向后，抑或往左往右，都需要做出选择，而无论选择什么，都只能在这条路上走到最后，因为任何选择，都意味着缺失和遗憾。不会有一个选择，能够满足所有要求，通往无可挑剔的完美。

向左，可能错失右边令人惊喜的美景；向右，又可能失去左边的安稳未来——所谓人生，便是这样两难。

最能诠释这种"两难"的，非屈原莫属。

汉代王褒为屈原立言而作的《九怀》组辞开篇，以《匡机》为名，满怀苦闷地记下了折磨屈原一生的"两难"。

身负才学，立志高远，本是打算为匡救君王、国家危机而竭尽全部忠心和能力，偏偏遭逢"极运兮不中"，天道运行无常，君主无道，使一个赤胆忠心的贤臣"来将屈兮困穷"。他怀抱着崇高的理想，时时准备为君王尽忠，为家国抛头颅洒热血，君王却背过身去，重用、亲近奸佞小人，用一纸冰冷的流放令辜负他的忠心，深深伤害他的理想。

承受委屈，身处困穷，并非最大的痛苦。最大的痛苦是不被任何人理解，想要一诉衷肠却忧告无门。他的逃避之所，唯有心灵的净土，唯有那一片不受束缚的想象的天空。于是，他在想象中乘坐日月向上飞升，在天庭仙境徜徉。他看到芷草做的宫殿大门，白芷做的房屋，芳香郁勃，看到薰草为阁，蕙草为楼，高大华丽的建筑之间，阡陌交错纵横，金银宝石四处堆积，华美的玉石布满厅堂，芳香的水流潺潺流淌，水花飞溅，波流浪涌，硕大的老龟跳跃起舞，孔雀仙鹤回旋飞翔。

　　天上仙境如此华丽迷人，神游的屈子却在遍观四方边远之地时，忍不住回首顾念镐京郢邑。手抚栏杆眺望远方，君王到底还是他放不下的念想。天上再好，抵不过人间片刻。

　　真是两难。向左，他愿意决然放下一切爱恨，从此一心修道飞仙，不再理会尘世凡俗，却终归还是抛不开、放不下，仍要为了辜负他的君王家国忧愁悲伤；向右，他本可融入世俗，虽不至于像那些奸邪之人一样扰乱法纪，至少也可做一名平庸之辈，明哲保身，可惜以他的高洁心性、孤高傲骨，注定他只可怀抱永不能实现的理想，与之同生共死。

　　除了坚持，他什么都做不了，却必须承受百倍的煎熬、折磨，孤独与悲伤。就连坚持本身，也是对他内心的一种折磨——是他自己选择了这条布满荆棘的血路，是他自己在这条路上走得心甘情愿，却难以真正做到心无怨尤和悔恨。

# 孑然一身，来去这人间
## ——王褒《通路》

　　天门兮地户，孰由兮贤者？无正兮溷厕<sup>①</sup>，怀德兮何睹？假寐兮愍斯，谁可与兮寤语？痛凤兮远逝，畜鹢兮近处<sup>②</sup>。鲸鳣兮幽潜<sup>③</sup>，从虾兮游陼。

　　乘虬兮登阳，载象兮上行。朝发兮葱岭，夕至兮明光。北饮兮飞泉，南采兮芝英。宣游兮列宿，顺极兮彷徉。红采兮骍衣<sup>④</sup>，翠缥兮为裳。舒佩兮綝缡<sup>⑤</sup>，竦余剑兮干将。腾蛇兮后从，飞驱兮步旁<sup>⑥</sup>。微观兮玄圃，览察兮瑶光。

　　启匮兮探筴<sup>⑦</sup>，悲命兮相当。纫蕙兮永辞，将离兮所思。浮云兮容与，道余兮何之？远望兮仟眠<sup>⑧</sup>，闻雷兮阗阗<sup>⑨</sup>。阴忧兮感余，惆怅兮自怜。

**【注释】**

①溷厕：胡乱错杂地置身其间。

②鹢（yàn）：雀一类的小鸟。

③鳣（xún）：一种大鱼。

④红采：彩虹。骍（xīng）：红色。

⑤绛纚（shēn xǐ）：即"陆离"，繁盛的样子。

⑥䢀（jù）：䢀驉，兽名。

⑦匮：匣子。筴（cè）：古代占卜用的蓍草。

⑧仟（qiān）眠：暗昧不明的样子。

⑨阗阗（tián）：形容声音很大。

　　唐代进士卢藏用身无官职，为入朝为官，曾于都城长安附近的终南山隐居。当然，隐居是假，借此振作名声是真，后来，他果然得到朝廷重用。

　　后人将这一通达仕途、获取名利的手段称为"终南捷径"，有十足的讥讽之意。只是纵观历史，走捷径入仕的人，从来不缺。只因名利好比繁花美酒，迷人眼，醉人心，叫人万万断绝不了痴想。

　　王褒写《通路》，也是欲通达仕途之意，却并非是为寻一条终南捷径，坐享名利，而是希望能为屈原找到一条直通仕途的路，盼着天下所有有才识抱负的贤人，能够为国为君所用，施展雄心壮志。

　　在一个小人当道、君主昏聩的晦暗时代，这样崇高的理想注定不能成为现实。现实是：君主任由奸佞的臣子置身朝堂，却看不见有德之士的踪影，不能任用贤才，致使凤凰远走，巨鲸鲟鱼深藏海底，有才德的忠贞臣子离开君王，彷徨远游。

　　没有一条路通往理想，也没有一条路通向君王。言路不通的朝廷，无法被倾诉和聆听的心志，无从实现的抱负，无法施展的才华，在贤臣面前，命运如一堵暗昧不明却坚固无比的墙，阻挡住所有的希望和追求。

唯一的缝隙，是想象中的远游。

乘着虬龙，骑着神象，遨游天上。清晨路过西方的葱岭，黄昏时分抵达东方的明光神山，去北方的飞泉之谷解渴，去南方采摘瑞草灵芝，游遍二十八星宿，绕着北极星徘徊，七色的彩虹做衣，浅青色的云朵为裳，佩戴着光彩照人的玉佩，手握吴国干将的宝剑，神龙腾蛇跟随在后，善跑的驱骓随侍两旁，只需侧目，便可窥见天帝的宫殿，只需抬眼，即可察看北斗七星。

没有比这更自由、更畅快、更奢华的事了，可惜只是想象。从想象中跌落现实之后，忠臣贤士只能打开命运的匣子，拿出那根占卜的蓍草，悲叹此生困蹇多难。天上的流云漂浮不前，雷声轰隆作响，故国在混沌的远方，再难企及，而他茫然四顾，不知道自己此后将何去何从，不知道晦暗的命运里，还有谁会与他相和。

在流放之后每一个和衣而睡、不曾入眠的深夜，他想必千百遍地面壁呼告："有谁来与我相对而语？"这份呼告，只是无声。没有人能够与他相对而语，甚至没有人能够附和他的自言自语。世俗太过卑微，而他太过高绝，没有一条路可供他堕入卑俗，他唯有孤身一人穿山越水，来去这荒茫的人世间。

烟雨江南，我的美丽与哀愁

# 悲伤无止，命运都相似

## ——东方朔《沉江》节选

　　世从俗而变化兮，随风靡而成行。信直退而毁败兮，虚伪进而得当。追悔过之无及兮，岂尽忠而有功。废制度而不用兮，务行私而去公。终不变而死节兮，惜年齿之未央。将方舟而下流兮，冀幸君之发矇<sup>①</sup>。痛忠言之逆耳兮，恨申子之沉江<sup>②</sup>。愿悉心之所闻兮，遭值君之不聪。不开寤而难道兮，不别横之与纵。听奸臣之浮说兮，绝国家之久长。灭规矩而不用兮，背绳墨之正方。离忧患而乃寤兮<sup>③</sup>，若纵火于秋蓬。业失之而不救兮<sup>④</sup>，尚何论乎祸凶？彼离畔而朋党兮，独行之士其何望？日渐染而不自知兮，秋毫微哉而变容。众轻积而折轴兮，原咎杂而累重<sup>⑤</sup>。赴湘沅之流澌兮<sup>⑥</sup>，恐逐波而复东。怀沙砾而自沉兮，不忍见君之蔽壅<sup>⑦</sup>。

【注释】

①发矇（méng）：醒悟。

②申子：指伍子胥。

③离：遭遇。

④业：已经。

⑤原：众多。咎（jiù）：过错。累重：累积。

⑥流澌：流水。

⑦蔽壅：被群小蒙蔽。


自屈子沉江之后，南国的水泽之畔便留下了千年咏叹。每一个在江边徘徊怅惘的人，都会忆起头戴冠玉、腰挂宝剑、身佩香草的屈原，想象那道高洁孤傲的身影是怎样绝望、决绝、孤独地纵身跃入了汨罗的滚滚水流里——从此浑浊的世间不再有他，却也仍有千千万万个高洁不屈的文人士子，借着他的魂灵重生，重复着他的悲剧命运。

在汉武帝身侧以文才邀宠时，壮志难伸的东方朔或许也忆起了自沉湘水的屈子，他惊叹他们的命运如此相似，惊叹这个世界在屈原殉身之后，仍然没有丝毫改变，仍然对身负才华的人如此吝啬苛刻。所以他用手中妙笔写下华美辞赋，记下屈子一生悲欢，却是借他人酒杯，浇心中块垒，倾诉自己的隐痛和衷肠。

他在屈子身死之后，隔着漫长的、蒙尘的时光，祭奠清白高洁的魂灵；他身在遥远的北地，却苦吟着南国的美丽和哀伤。在他与屈子之间，时空已然经历了几度变幻更改，不变的唯有这个"从俗"的龌龊尘世：诚信忠直的臣子遭受贬斥，虚伪狡诈之徒却可青云直上；逆耳的忠言不仅不能够被采纳，还会为直言之人带来祸患，顺耳的谎言、谗言却受到君王的赏识；独来独往的正直君子一心为国，触怒君王，放逐遇害，结成朋党的奸佞之人一心营私，却活得比谁都要顺遂，如鱼得水。

无论是在辽阔的楚国大地，南方泽畔，还是在泱泱大汉的都城，楼台宫池，悲剧从来也不曾断绝。若要守住干净的人格节操，就必得承受见疏遭贬的代价；若愿意披肝沥胆，竭力报效尽忠，就必须有为之生为之死的觉悟；若以清白之躯生在一个太过污浊的尘世，就必会在永无止息的悲伤里没顶。

昨日的屈子死去了，今日的东方朔仍然活着。他知道唯有死亡能够终结一切悲伤，终结这毫无希望的一生，带来彻底的安慰，却未必有屈原的决绝和勇气，能够不断向世界追问，向死亡追索答案。屈原的独一无二，只可遥望，不可触摸，他只能惘然记下前辈的爱恨生死，借此将心底浓郁的哀伤冲淡一点，继续在这个不够好的世间郁郁活着，寻找属于自己的那一份答案，如此而已。

# 祭出所有，愿山河无尘

——屈原《离骚》节选

长太息以掩涕兮，哀民生之多艰。余虽好修姱以鞿羁兮①，謇朝谇而夕替②。既替余以蕙纕兮③，又申之以揽茝。亦余心之所善兮，虽九死其犹未悔！怨灵修之浩荡兮，终不察夫民心。众女嫉余之蛾眉兮，谣诼谓余以善淫。固时俗之工巧兮，偭规矩而改错④。背绳墨以追曲兮，竞周容以为度。忳郁邑余侘傺兮⑤，吾独穷困乎此时也。宁溘死以流亡兮⑥，余不忍为此态也！鸷鸟之不群兮⑦，自前世而固然。何方圆之能周兮，夫孰异道而相安？屈心而抑志兮，忍尤而攘诟⑧。伏清白以死直兮，固前圣之所厚！

【注释】

①虽：通"唯"。修姱（kuā）：喻美德。

②谇（suì）：谏。替：废弃。

③纕（xiāng）：佩带。

④偭（miǎn）：违背。错：通"措"，措施。

⑤侘傺（chà chì）：失意而精神恍惚的样子。

⑥溘（kè）死：忽然死去。

⑦鸷（zhì）鸟：凶猛的鸟。

⑧攘诟（rǎng gòu）：容忍耻辱。

　　若非一篇洋洋洒洒、浪漫诡谲的《离骚》，恐怕屈原其人，也不过被掩埋于漫漫时光的烟尘中，哪怕在心中呐喊了千遍万遍，那微弱的心光也穿透不了茫茫暗夜，抵达今人的眼中和耳际；他的骄傲和孤独、怨尤和悲伤、才华与品性，也不至于在时间长河的淘洗中傲然独立，愈发清亮，熠熠生辉。

　　当他离开君王、朝廷，孑然一身独行于生命的荒漠中，"长太息以掩涕"，哀叹人生几多艰难时，那些关于家国的念想，关于命运的痛诉，关于理想与现实的思索，必定千百遍地在他心头如滚雷般碾过，然后，没有答案，没有出路，甚至连虚假的慰藉都没有。他黯然又黯然，叹息再叹息，终于以血为墨，以泪为书，记下了这场无与伦比的孤独，记下了这颗心全部的盛放与凋零。

　　彼时，他被放逐于汉北之地，离国都并不遥远，然而朝堂之上的起落，他已只可仰望，此生命运的浮沉，他已只手难握。

　　这是一个孤独的臣子，一腔忠诚空付，满身清白遭污，他孤零零地站立于朝堂之上，指点江山，却无人可以领会，无人愿意理解，即使说自己"九死未悔"又如何？终究只是一个人的凌空虚蹈。

　　他还是一位孤独的诗人，兰茝吐露芬芳，蕙草馨香如故，蛾眉横绝，如氤氲远山，如秀美诗画，鸷鸟在晴空浮云间振翅高飞，卓然立于天地之间——在汪洋恣肆的想象中，这个世界仍可倾尽风华，安好如初，而他超脱于污浊人世的清白之躯、高洁之心，又怎能靠华丽深情的辞藻言说殆尽？即使愿意"溘死以流亡"，愿意"伏清白以死直"，以死明志，将一番心志写得浪漫热烈，动人心弦，也无法为命运换取分毫余地。

本是为抚慰孤独，才倾吐孤独，可是在这些如大河奔流、浩浩汤汤的辞章里，孤独却早已锥心蚀骨。他用惊世的才情，燃尽胸中激情，用醉人的文字的酒，痛浇心中块垒，最后却发现，痛苦仍然如鲠在喉。他真是不懂，何以这世间人人"偭规矩""背绳墨"，争名逐利，贪得无厌，投机取巧，毫无原则，尚可活得如鱼得水，而他只是不想迎合这个丑恶的、黑白颠倒的世界罢了，却必须付出如此绝望的代价，必须将一颗心浸淫在悲哀的苦海里，翻来覆去地熬出生命的绝响，才得以偿还他最初的也是最后的坚持。

也罢，清白的人生既然如此艰难，那就为此祭出所有，唯愿此后的楚国大地，朗朗清清，山河无尘，不再记起他灿若星辰的寂寞和铺天盖地的孤独。

# 心意已决，终结这一切

——屈原《怀沙》

　　滔滔孟夏兮，草木莽莽。伤怀永哀兮，汩徂南土<sup>①</sup>。眴兮杳杳<sup>②</sup>，孔静幽默。郁结纡轸兮<sup>③</sup>，离慜而长鞠<sup>④</sup>。抚情效志兮，冤屈而自抑。

　　刓方以为圆兮<sup>⑤</sup>，常度未替。易初本迪兮，君子所鄙。章画志墨兮，前图未改。内厚质正兮，大人所盛。

　　巧倕不斲兮<sup>⑥</sup>，孰察其拨正。玄文处幽兮，矇瞍谓之不章。离娄微睇兮，瞽以为无明<sup>⑦</sup>。变白以为黑兮，倒上以为下。凤皇在笯兮<sup>⑧</sup>，鸡鹜翔舞。同糅玉石兮，一概而相量。夫惟党人鄙固兮，羌不知余之所臧。任重载盛兮，陷滞而不济。怀瑾握瑜兮，穷不知所示。邑犬之群吠兮，吠所怪也。非俊疑杰兮，固庸态也。文质疏内兮<sup>⑨</sup>，众不知余之异采。材朴委积兮，莫知余之所有。

　　重仁袭义兮，谨厚以为丰。重华不可遻兮<sup>⑩</sup>，孰知余之从容？古固有不并兮，岂知其何故？汤禹久远兮，邈而不可慕。

惩连改忿兮，抑心而自强。离愍而不迁兮，愿志之有像。进路北次兮，日昧昧其将暮。舒忧娱哀兮，限之以大故。

乱曰：浩浩沅湘，分流汩兮。修路幽蔽，道远忽兮。怀质抱情，独无匹兮。伯乐既没，骥焉程兮？万民之生，各有所错兮。定心广志，余何畏惧兮？曾伤爰哀，永叹喟兮。世溷浊莫吾知，人心不可谓兮。知死不可让，愿勿爱兮。明告君子，吾将以为类兮。

【注释】

①汩（yù）：快速地行走。徂：去。

②眴（xuàn）：看。杳杳：昏暗。

③纡轸（yū zhěn）：内心痛苦的样子。

④愍（mǐn）：哀痛。鞠（jū）：困苦。

⑤刓（wán）：削，斫刻。

⑥倕（chuí）：传说中虞舜时的能工巧匠。斲（zhuó）：砍。

⑦瞽（gǔ）：盲人。

⑧笯（nú）：笼子。

⑨内（nè）：木讷。

⑩遌（è）：遇。


公元前 278 年五月初五，屈原投江而亡。

此后数千年，每逢这一日，人们在赛龙舟、吃粽子，欢度端阳佳节之时，总会记起这位自尽以殉国的忠臣，记起汨罗江的河水是如何吞噬了他赤胆忠心、百折不挠的理想，又是如何托出了千年的怀念和哀愁。

唐人文秀《端午》诗曰："节分端午自谁言，万古传闻为屈原。堪笑楚江空渺渺，不能洗得直臣冤。"时至今日，楚地的水流仍然汩汩有声，簇拥着"屈原"这个流芳百世的名字，滚滚东去。而屈原的冤屈、痛苦，却并未被流水冲淡分毫，它们随同那场强悍决绝的死亡被时光和历史定格，伴着他的慷慨文字和华丽歌谣被后人不断传诵，愈发清晰、疼痛。

那是盛夏，热浪滔滔，草木莽莽，整个南方大地散发出蓬勃的生机，屈子心中却萌生了冰冷的死志。

那是一个"变白以为黑""倒上以为下"的时代，凤凰被困于笼中，鸡鸭却能够肆意飞舞，任他内蕴再美好，文采再出众，怀抱美玉，手握宝石，也只能深陷困境，不被理解，不被接受，甚至还要承受庸人、小人的毁谤和猜忌。他怀着一厢情愿的热情和对家国的深爱，奔走呼号，坚韧不屈，却眼看着自己离朝堂越来越远，眼看着楚国在战国群雄的争斗中步步退却。兴亡成败，他都只手难及，丝毫做不了主。当秦将白起攻破楚都郢时，屈原终于对什么也做不了、什么也挽回不了的自己感到绝望，决心赴死。

写这首《怀沙》时，赴死的悲伤，已如夏日最蛮荒的气息侵袭天地，肆无忌惮地占据了他的身心。

"古固有不并"，当是屈原死前最痛切的领悟。明君、贤臣并不常生在同一个时代，自古以来便是如此，所以，楚怀王、楚顷襄王对他的放逐、轻视、打击，原是常有之事，并不值得为之如此忧愁悲哀。他自问"怀质抱情，独无匹兮"，内心修美，品格坚贞，无人可以匹敌，也清醒地知晓"伯乐既没"，再优秀的马亦无用武之地——他固然无力改变这个混浊的世界，世界却同样无力改变他坚如磐石、高洁清澈的心志。

最终，他说"人心不可谓"，因为面对世事人心，他确实已无话可说。

谁都不必再评判他，他也不会再去评判谁，就让死亡带走一切，也终结一切。

至死他才知"万民之生，各有所错"，人人皆有专属于他自己的命运，再深刻庞大的悲喜忧乐，也不过寻常。他可以自认比谁都要骄傲、干净，但是命运本身并无高下之分。唯有他的悲伤和孤独，镌刻进历史，光耀万世。

# 穷途末路，前后皆两难

——屈原《惜诵》节选

思君其莫我忠兮，忽忘身之贱贫。事君而不贰兮，迷不知宠之门。忠何罪以遇罚兮，亦非余心之所志。行不群以巅越兮，又众兆之所咍<sup>①</sup>。纷逢尤以离谤兮，謇不可释也<sup>②</sup>。情沉抑而不达兮，又蔽而莫之白。心郁邑余侘傺兮，又莫察余之中情。固烦言不可结诒兮<sup>③</sup>，愿陈志而无路。退静默而莫余知兮，进号呼又莫吾闻。申侘傺之烦惑兮，中闷瞀之忳忳<sup>④</sup>。

**【注释】**

①咍（hāi）：嘲笑。

②謇（jiǎn）：句首发语词。

③诒（yí）：赠送。

④闷瞀（mào）：内心烦乱的样子。忳忳（tún）：忧愁的样子。

当整个世界化作一面坚不可摧的障壁，只为阻挡住一个脆弱的理想时，身怀理想之人以卵击石的悲壮感，以一己之心深爱世界、以一己之力抵抗世界的孤独感，也就不可能被治愈。

在遭流放之前，屈原对命运早有了预感。从前，楚怀王也曾有雄心壮志，任用优秀正直的臣子大刀阔斧改革朝政，可惜不敌小人的谗言。君王的疏远，信任的裂痕，权力的流失，种种迹象，皆是不祥前途的预示。

有预感，却无从改变命运；清醒于前路的崎岖，却又不甘于忍受，这或许才是屈原孤独和痛苦的根源。

高高在上的君主只有一位，身为臣子，忠贞不贰自是本分。可是他万万没有料到自己会因此而获罪。在一个君主昏聩的时代里，原来坚持忠贞也是过错。为国为民竭心尽力，只换来君王的疏远；不肯自降品格，谄媚邀宠，如一颗宝石般在龌龊的朝堂闪闪发亮，最终也不过迎来蒙尘见弃的结局。

他悲怆道："有谁能如我一般忠贞不贰？"然而小人兀自忙着邀宠、钻营，君王也忙着亲奸臣、远贤臣，谁也听不见他发自内心的呼喊。他的"行不群"，与众不同，注定了他的孤独。被人嘲笑也好，因"离谤"而遭受罪责也罢，所有的痛苦都无理可讲，无可慰藉，也无法开解。

正是至深的爱长出了倒刺，给了他至深的伤害，将他刺得鲜血淋漓。可是他偏偏还要转过身，再去拥抱那些尖刺。他对家国、君王的爱，便是如此，任它带来了怎样的悲伤与绝望，仍然为之九死而不悔。

所以他"情沉抑""心郁邑"，却没有办法解释表白，上达天听的道路早就被壅蔽，他只能将话语堆积在心底，把失意忧郁、愁闷彷徨都压抑在面容之后。以为不说，痛苦就不会变成现实。可是，待要真的退而静默，却又担忧直到死去都要背负这样的污名，于是他写下满纸痛惜疾呼之语，期待着有人可以读懂。然而大声疾呼，也根本无人肯听。

茫然四顾，左右前后，皆是两难。仿佛命运就此打了一个死结，不给他丝毫余地，任他在文字的幽暗深井里溺毙，在情绪的封闭细径里自锁，生命再无任何光亮。

# 大好年华，终是被辜负

## ——宋玉《九辩》节选

悲哉秋之为气也！萧瑟兮草木摇落而变衰，憭慄兮若在远行①，登山临水兮送将归，泬寥兮天高而气清②，寂寥兮收潦而水清③，憯悽增欷兮薄寒之中人④，怆怳懭悢兮，去故而就新⑤，坎廪兮贫士失职而志不平，廓落兮羁旅而无友生。惆怅兮而私自怜。燕翩翩其辞归兮，蝉寂漠而无声。雁雍雍而南游兮⑥，鹍鸡啁哳而悲鸣⑦。独申旦而不寐兮，哀蟋蟀之宵征。时亹亹而过中兮⑧，蹇淹留而无成。

**【注释】**

①憭慄（liáo lì）：凄凉的样子。

②泬寥（xuè liáo）：晴朗空旷、天高气清的样子。

③寂寥：清澄平静的样子。潦（lǎo）：雨水，积水。

④憯（cǎn）悽：悲痛。欷（xī）：叹息。中（zhòng）：侵袭。

⑤怆怳（chuàng huǎng）：失意悲伤。懭悢（kuǎng liàng）：失意怅惘。

⑥雍雍（yōng）：雁鸣声。

⑦鹍（kūn）：一种长得像鹤的鸟。喌哳（zhāo zhā）：形容声音烦杂而细碎。
⑧亹亹（wěi）：行进不停的样子。过中：过了中年。


四季走了一个轮回，若不去理会，第一朵花的初绽，第一片新叶的舒展，绿意如浓墨泼洒天地人间的时刻，及至第一层黄叶的枯萎凋落，第一阵寒霜白露的降临，世界化作空茫、生命陷入迟缓的时刻，全都与人无干，彼此之间也可以毫无惊动。

而一旦理会了四季变迁，则春盛时要感伤，长夏时须无聊，秋浓时止不住悲哀，冬临时免不了绝望，只因四时之变，好比时光、生命的流淌，一路滔滔而下，悉数卷走青春盛景、此生华年，永远回不了头。

这番对岁月触目惊心的凋蚀的切肤之叹，中原先民在《诗三百》里早有唱和，《蜉蝣》《摽有梅》《蓱兮》，对于流逝不回的时光和生命，皆有痛切感伤和眷眷留恋。楚地的先民同样以敏锐易感之心，于亘古的时间之流中打捞出与自身命运相契合的部分，发之为歌，传之千古。屈原在《招魂》中道"目极千里兮，伤春心"，用开阔辽远的境界和婉转缱绻的感情，早早开了千载伤春之叹，宋玉《九辩》中的"悲哉秋之为气也"，亦用一个重似千钧的"悲"字，牵出一篇辞章华丽的辞赋，由此引出万古悲秋之慨。

若换个角度看，秋天本是天朗气清、水流清澄的季节，湮灭了春日的烦愁，阻隔了夏日的混沌，只余一派明丽爽快，而宋玉身在其中，却只感觉到"憭栗""怆悦""圹悢"，仿佛此身此心，大好的华年，都在这寂寞萧瑟的深秋被辜负。

史载宋玉在楚顷襄庄王时为官，作为楚王的御用文人，出身并不高贵，也没有屈原那样的气魄和才华，以致终生仕途难显。原本应当结出累累硕果的生命的收获季节，却碌碌无为，一事无成，他为天地之秋唱一曲悲歌，何尝不是在悲叹自己的生命之秋？

看那草木摇落凋零，天地之间一片萧瑟，秋意之浓烈凄凉，堪比登山临水送人踏上归程，别情之沉重伤感，又像人在远行途中，来路无寻，前路亦是苍茫。好比他的人生，已行过四分之三的路程，有过繁花似锦的璀璨青春，有过绿浓深阴的茂盛年华，如今却在枯叶飘零的孤寂岁月里搁浅，将自己的前程志向耽搁在遥远的异乡，流落无依，失意悲伤，自哀自怜。

年复一年，燕子辞别北地，翩翩南飞，寒蝉凄寂无声，大雁高鸣，翻山越岭向南迁徙，蟋蟀在深秋凉夜里彻夜悲鸣，唯有他，通宵达旦难以入眠，看秋色又一次侵袭大地，而自己仍苦苦淹留在生命的深秋。时光倏忽而逝，残忍如斯，他仍眷恋挽留，唯盼这草草错身而过的美好，能够多停驻一会儿，让他不至于在生命的凄凉晚照里，连一点温情都不曾有。

# 沧海桑田，生命已干枯

## ——屈原《涉江》节选

　　余幼好此奇服兮，年既老而不衰。带长铗之陆离兮<sup>①</sup>，冠切云之崔嵬。被明月兮佩宝璐。世溷浊而莫余知兮<sup>②</sup>，吾方高驰而不顾。驾青虬兮骖白螭<sup>③</sup>，吾与重华游兮瑶之圃。登昆仑兮食玉英，与天地兮同寿，与日月兮同光。哀南夷之莫吾知兮，旦余济乎江湘。

　　乘鄂渚而反顾兮，欸秋冬之绪风<sup>④</sup>。步余马兮山皋，邸余车兮方林。乘舲船余上沅兮<sup>⑤</sup>，齐吴榜以击汰。船容与而不进兮，淹回水而疑滞。朝发枉陼兮<sup>⑥</sup>，夕宿辰阳。苟余心其端直兮，虽僻远之何伤！

　　入溆浦余儃佪兮<sup>⑦</sup>，迷不知吾所如。深林杳以冥冥兮，猿狖之所居<sup>⑧</sup>。山峻高以蔽日兮，下幽晦以多雨。霰雪纷其无垠兮，云霏霏而承宇。哀吾生之无乐兮，幽独处乎山中。吾不能变心而从俗兮，固将愁苦而终穷！

**【注释】**

①长铗（jiá）：长剑。

②溷（hùn）：混乱。

③虬（qiú）：一种有角的龙。骖（cān）：此处指驾驭车两旁的白螭。螭（chī）：一种无角的龙。

④欸（āi）：感叹。绪风：大风。

⑤舲（líng）船：有窗子的船。

⑥枉陼（zhǔ）：地名，沅水中的一个河湾。

⑦溆（xù）浦：地名，今湖南溆浦一带。儃（chán）佪：徘徊不前。

⑧猿（yuán）：一种猕猴。狖（yòu）：一种猿猴。


　　读屈原，其间哀愁苦楚、流浪动荡，犹如中世纪的行吟诗人行走于天地人间，苦吟低唱一路的风景与悲喜，他的前方，仍是漫长无止境的旅途，身后沧海却已成桑田。

　　站得太高，看得太远，所以无法见容于世；又因为爱得太深，所以无法真正超脱尘俗，屈子此生，注定了孤独，注定了痛苦两难。

　　当这位腰系长长宝剑，头戴高高发冠，身上装饰明月珠，佩戴美玉的诗人，失落了最璀璨的青春华年，失落了终其一生的政治梦想，被一而再，再而三地贬谪，最终远远放逐江南之时，不知他纯白如缎的内心是否生出过一丝黑色的懊悔，不知他是否想过：若自己少一点痛苦的坚持，多一分轻易的妥协，也不至于落到如此地步。

　　这分明是一个"溷浊"的、从不试图理解自己的尘世，他身在其中，却偏要将一颗心打理得纤尘不染，穿上奇装异服，架着青龙白龙，腾云而上，驰骋高飞，誓要与天地同寿，与日月同光——狭隘阴暗的浊世，怎可容下这样肆无忌惮的自由纵情，这样耀眼的光彩和绝美风姿？

遭逐，见弃，不过是必然的结局。心灵尽可以高蹈于世俗，摒绝寒冷坚硬的现实，身体也仍要回到原点，收拾行装，打点心情，渡过湘水，去到遥远的放逐地。至多，他只能哀叹一声"南夷之莫吾知"，他的家国，他的君民，不能理解和接受他纯净无瑕的灵魂与心志，仅此而已。

一路上，大风凄寒，车马劳顿。船行于江流之中，遭遇疾风大浪，仿佛深谙他留恋家国的心绪，兀自徘徊不前，实在多情之至。屈原自己，确是迷茫犹豫，不知所往，看前方树林幽深昏暗，山势高峻陡峭，遮天蔽日，更兼淫雨霏霏，滞重阴郁，雪花纷扬，无边无际，一如此生再也不会明朗的前途。

生命已是一口枯井，了无生趣。若心灵能随之一同枯萎，也是好事。偏偏不能，他连随波逐流都做不到，何况心死？于是，最终他也只好捧着一颗正直无偏、晶莹剔透、光耀万物的心，独自在这个太过扭曲、太过脏污的俗世蹒跚而行，尝尽忧愁苦闷、困穷终生的滋味，直至行至生命的尽头。

# 物是人非，止不住悲哀

——屈原《招魂》节选

乱曰：献岁发春兮，汨吾南征①。菉萍齐叶兮②，白芷生。路贯庐江兮，左长薄。倚沼畦瀛兮③，遥望博。青骊结驷兮④，齐千乘。悬火延起兮⑤，玄颜烝⑥。步及骤处兮，诱骋先。抑骛若通兮，引车右还。与王趋梦兮，课后先。君王亲发兮，惮青兕⑦。朱明承夜兮，时不可以淹。皋兰被径兮，斯路渐。湛湛江水兮，上有枫。目极千里兮，伤春心。魂兮归来，哀江南！

如果说《诗经》是中原大地的哀而不伤，乐而不淫，规整而有节制，那么《楚辞》便是摇曳荡漾在南国草泽水流中一曲浪漫瑰丽的歌谣，极致的爱，极致的恨，喜怒悲欢，离合哀乐，杂糅在温暖阳光和云雾水汽里，弹奏歌吹，总也唱不到尽头。

巫楚山河的神秘、热烈、自由，一经发之为歌，便有盛大迷人的风姿，叫人止不住地沉醉渴慕。即使是一支悲歌，也因了江河的涛涛气象、水泽的汩汩流淌、草木葱茏的气息，而生出可击节而歌且又蜿蜒如水的美感。

如《招魂》，本是"凄入肝脾"的召唤亡灵之作，却仍不失"哀感顽艳"（出处：三国魏·繁钦《与魏文帝笺》）的诗意，只因楚地风情，江南气质，一经入诗，便已是浑然天成的美。

按楚地风俗，客死异地的魂灵应在招魂仪式上被招回故土。彼时，楚怀王客死秦国，虽是由自身昏庸所致，但是怀王被秦王拘禁后，到底还有铮铮铁骨，不肯割地屈服，比之此后继位的懦弱的顷襄王，实在要好得多。所以楚人在顷襄王治下，反倒对从前的怀王生出了怀念。

这一篇由时任三闾大夫的屈原写就的招魂文，足可代表楚人心声。又兼之文采华美，铺张扬厉，拳拳忠君之心、切切思君之意于字里行间流露出来，若和声而歌，当能震人心魄、催人泪下。

怀王重用过屈原，也曾听信谗言而疏远、放逐过他，然而在怀王逝去三年后，屈原殷殷张望西秦的方向，悠悠呼唤"魂兮归来"时，仍是满怀赤子深情：流浪在远方的魂魄啊，归来吧，归来吧，四方天地如此险恶，唯有故国安稳逸乐，不要再四处游荡了，回到家乡故土吧。

　　他忍不住遥想自己当年随怀王南征，在云梦的楚国猎场一同狩猎的情景：广袤无边的楚国大地上，春意始发，菉萍叶芽初绽，白芷欣然生长，乔木水泽相接千里，黑色车马阵容浩大，狩猎的火把绵延弥漫，照亮了整个夜空。那一场云梦狩猎，盛大热闹，怀王御驾，箭无虚发，亲手射杀了青兕，而如今那片纵目千里一望无垠的土地，唯有遮蔽了道路的兰草疯长，唯有高大的红枫安静倒映在清澈江水里，让每一个凝望的人心底升腾起浓郁的春愁。

　　数千年来，所谓伤春之情，从来也不是伤感于春日将逝，而是面对时光流转、人生悲欢、世间兴亡，愁苦了心肠。所以，"魂兮归来，哀江南"，屈原不断呼唤着怀王魂灵归来，却也怕怀王当真归来后，只能面对这片江南楚地徒然哀叹感伤。

　　告别了家国，告别了生命的一切美好与憾恨，只有亡魂跨越千山万水归来，万里江山仍旧妩媚多娇，家国、人事，却已不是早先的境况。

　　物是人非事事休，不仅是怀王之殇，更是屈原心底永存的悲哀。

# 追忆前贤，是怜惜自己

## ——刘向《惜贤》

　　览屈氏之《离骚》兮，心哀哀而怫郁①。声嗷嗷以寂寥兮，顾仆夫之憔悴。拔谄谀而匡邪兮，切渨浊之流俗②。荡渨湲之奸咎兮③，夷蠢蠢之溷浊。怀芳香而挟蕙兮，佩江蓠之斐斐。握申椒与杜若兮，冠浮云之峨峨。登长陵而四望兮，览芷圃之蠡蠡④。游兰皋与蕙林兮，睨玉石之嵯嵯。扬精华以眩燿兮，芳郁渥而纯美。结桂树之旖旎兮，纫荃蕙与辛夷。芳若兹而不御兮，捐林薄而菀死⑤。

　　驱子侨之犇走兮，申徒狄之赴渊。若由夷之纯美兮，介子推之隐山。晋申生之离殃兮，荆和氏之泣血。吴申胥之抉眼兮，王子比干之横废。欲卑身而下体兮，心隐恻而不置。方圆殊而不合兮，钩绳用而异态。欲俟时于须臾兮，日阴曀其将暮⑥。时迟迟其日进兮，年忽忽而日度。妄周容而入世兮，内距闭而不开。俟时风之清激兮，愈氛雾其如瘗⑦。进雄鸠之耿耿兮，谏介介而蔽之。默顺风以偃仰兮，尚由由而进之。心忾恨以冤结兮，情舛错以曼忧。搴薜荔于

70

山野兮，采撷支于中洲⑧。望高丘而叹涕兮，悲吸吸而长怀。孰契契而委栋兮，日晻晻而下颓⑨。

叹曰：江湘油油，长流汨兮。挑揄扬汰，荡迅疾兮。忧心展转，愁怫郁兮。冤结未舒，长隐忿兮。丁时逢殃，可奈何兮。劳心悁悁⑩，涕滂沲兮。

**【注释】**

①怫（fú）郁：心情不舒畅。

②溴涊（tiǎn niǎn）：污浊。

③渨湥（wēi wō）：污浊。

④蠡蠡（lǐ）：犹"历历"，行列分明。

⑤捐：放弃，舍弃。林薄：交错丛生的草木。菀（yùn）：堆积。

⑥阴曀（yì）：天气阴晦。

⑦塺（méi）：尘土。

⑧撚（niǎn）支：香草名。

⑨晻晻（yǎn）：日光渐暗。

⑩悁悁（yuān）：忧闷。

　　楚国山河、楚地风情，于汉宗室刘向而言，或许已是过于遥远的记忆，他和那个已然湮灭于历史烟尘之中的国度，隔了生生世世的遥远距离，永不能靠近，因他已是大汉天子脚下的臣民，困居在都城长安，一生郁郁不得志，所以他吟诵一卷浪漫奇谲的《离骚》时，会感到"心哀哀而怫郁"：楚地先人屈原被逐、遭弃、自沉的命运离他很近，而那些生长于南方水泽之畔的美丽植物，在南国暖风里散发出醉人馨香的芳草，于柔媚空气里伸展出旖旎枝叶的桂树，却只能在旧梦里重温了。

他不能如屈原般，怀抱馥郁的蕙草，身佩浓郁芳香的江蓠，手握申椒与杜若，头戴浮云高冠，游览水滨芳林，以高洁之躯在辽阔的楚国大地上彷徨呼喊。他只能站在自己的宿命里，怀念往昔先贤：追随神话中的仙人王子乔远游，仰慕申徒狄对抗殷纣王残暴最终投江而亡，希望自己如义士许由、伯夷那般纯洁高尚，如介子推那般不同流俗，隐居深山。

当然知晓不肯谄媚阿谀顺从时俗的后果：晋国申生惨遭横祸，楚国卞和献玉泣血，吴国子胥被挖去双眼，殷朝比干被剖出心脏，血淋淋的先例填满了历史的缝隙，令人望之却步。所以他也道"欲卑身而下体""妄周容而入世"，想要卑躬屈节，苟合于世，可惜终究无法办到。

若可以轻易对权贵、世俗折腰，屈原何须用生命去祭奠理想，用死亡来证明自己的忠直清白。若深爱的一切可以轻易放下，他刘向又何须忧国忧民，对君王直谏，倾诉逆耳忠言，由此丧失青云之路，灰心丧气，写下"望高丘而叹涕兮，悲吸吸而长怀"的悲哀文字。

所谓"惜贤"，怜惜的其实是自己。

时光看似"迟迟"，缓慢流逝，实则一回头，岁月早已倏忽而去，他在这漫长而迅疾的时日里，看天色越来越阴晦，看生命渐渐走至尽头，看世事越来越污浊，自己却只徒然熬断了心肠，将满腔心事熬成了灰。所爱，所恨，皆无从实现，无从发泄，唯有"劳心悁悁，涕滂沲兮"。

行遍天下，心中始终只有你

# 因为孤独，有机会思索

## ——屈原《天问》节选

曰：遂古之初，谁传道之？上下未形，何由考之？冥昭瞢暗①，谁能极之？冯翼惟像②，何以识之？明明暗暗，惟时何为？阴阳三合，何本何化？圆则九重，孰营度之？惟兹何功，孰初作之？斡维焉系③？天极焉加？八柱何当？东南何亏？九天之际，安放安属？隅隈多有④，谁知其数？天何所沓？十二焉分？日月安属？列星安陈？出自汤谷⑤，次于蒙汜⑥。自明及晦，所行几里？夜光何德，死则又育？厥利维何，而顾菟在腹⑦？女岐无合，夫焉取九子？伯强何处？惠气安在？何阖而晦？何开而明？角宿未旦，曜灵安藏⑧？

【注释】

①瞢（méng）：昏暗模糊。

②冯（píng）翼：元气充盈貌。

③斡（guǎn）：运转的枢纽。

④隅（yú）：角落。隈（wēi）：弯曲的地方。

74

⑤汤谷：或作"旸（yáng）谷"，日出之处。

⑥蒙汜（sì）：或称"蒙谷"，日落之处。

⑦菟（tù）：一说即兔。一说月兔之名。

⑧曜（yào）灵：太阳。


　　朝堂之上受到怀王重用、施展才华抱负的屈原，和因谗言而失去君王信任、遭到放逐的他，不知哪一个更好。

　　屈原自己，自然更想回到过去君臣相得的时光。当他在后半生幽暗痛苦的放逐生涯里怀想前半生，总是像在一种痛苦又茫然的感觉里没顶般，将那些沧海桑田的过往雕饰得梦一般迷离感伤。

　　可是后世的人们，却怀着"国家不幸诗家幸，赋到沧桑句便工"的复杂心情，既欣喜又悲伤地读着他留下的华美文字，那些记下一个忠臣和诗人所有孤独悲喜的辞赋篇章，如宝石般散落点缀在湘江之滨，沅水之畔，无论什么时候拾起来，都仍令人感到耀眼。

　　于屈原，孤独或许是好事。

　　当他一心扑在政事上，忙着实现"齐家治国平天下"的人生理想时，他完成的是身外的使命和理想，绝不会有时间退回来与自己对话，与天地坦诚相见。而在他退出权力中心之后，突然间无所适从，让他感受到难以言喻的孤独，生命这才第一次有了另一种可能。因为遭遇厄运，他才会回过头去反省以往的人生；因为孤独，因为无尽的绝望和痛苦，生命才能摒弃所有的身外之物，实现内在的圆满。

　　至少，若非身处流放之地，陷于孤独的命运，屈原绝不可能写出一篇洋洋洒洒、起伏跌宕、奇绝深刻的《天问》。

远古初始的情况，由谁流传至今？天地尚未成形之前，又从哪里得以产生？明暗不分蒙昧一片，谁能够探究根源？天地已分，白天光明，夜晚黑暗，究竟为何会是这个样子？阴阳交融而生万物，以什么为基础，又化育出了什么？天体分为九重，谁曾去度量过？这样浩大的工程，最初是自谁开始？使天体围绕轴心而转的绳索，系在天轴的什么地方？天轴的顶部，又安置在何处？支撑天体的八根巨柱，又在哪里？东南方的地面为何塌下去一块？四面八方的天际，都在哪里？它们如何连接？天际的角落很多，谁知道它们具体的数量？天上日月在什么地方会合？黄道天体怎样划分为十二区？日月是怎样附在天上而不会掉下来？群星为何排列得如此井然有序？太阳从早至晚，需要行多少里路？月亮为何残缺之后，又能复圆？月亮上黑色的部分是什么？真的有一只蟾蜍在上面？女岐没有婚配，如何生出九个儿子？风神伯强居住于何处？风从何处吹来？天门闭上就是夜晚，天门打开就是白天，为何如此？天门没有打开之前，太阳还未升起之前，阳光藏在哪里？

　　奇妙的问题，以一种穷尽藏于深渊的世界奥秘的执着劲头，迎面而来。经历过荣耀和失败之间莫大落差的屈原，在难堪境遇里思索世界和人生，对堂皇存在却无比神秘的天地人间，或许有太多疑问。他不明白宇宙何以成了今天的模样，正如他不明白，他的人生是怎样走到了今天的境地。

　　最后，当然没有答案。但是，无限接近世界与自身的奥秘，以及前方巨大未知的尝试，是一场超越想象的孤独之旅，只是尝试的过程本身，就已是最大的意义所在。

# 生已无欢，用生命献祭

## ——刘向《离世》节选

身衡陷而下沉兮，不可获而复登。不顾身之卑贱兮，惜皇舆之不兴。出国门而端指兮，冀壹寤而锡还。哀仆夫之坎毒兮，屡离忧而逢患。九年之中不吾反兮，思彭咸之水游。惜师延之浮渚兮，赴汨罗之长流。遵江曲之逶移兮，触石碕而衡游<sup>①</sup>。波瀓瀓而扬浇兮<sup>②</sup>，顺长濑之浊流。凌黄沱而下低兮，思还流而复反。玄舆驰而并集兮，身容与而日远。棹舟杭以横沥兮<sup>③</sup>，济湘流而南极。立江界而长吟兮，愁哀哀而累息。情慌忽以忘归兮，神浮游以高厉。心蛩蛩而怀顾兮<sup>④</sup>，魂眷眷而独逝。

叹曰：余思旧邦，心依违兮。日暮黄昏，羌幽悲兮。去郢东迁，余谁慕兮。谗夫党旅，其以兹故兮。河水淫淫，情所愿兮。顾瞻郢路，终不返兮。

**【注释】**

①石碕（qí）：曲折的石岸。

77

②澧澧：波浪声。扬浇：水流回旋。

③棹（zhào）：船桨。舟杭："同"舟航"，指船只。沥（lì）：渡水。

④蛩蛩（qióng）：忧虑。


死亡如尖锐的刀刃，截断此生与来世的界线，在生者和死者之间划下深不见底、不可逾越的沟壑，从此一个在看不见的幽冥里浮沉，一个在触不到的现世里挣扎，生死两茫茫，活着的人只能背负着沉重的回忆，独自跋涉，走完这条生已无欢的人生路。

这是死亡的冰冷残忍处。

死亡也自有它的温暖柔软之处：一次便是永别，多好。当人身处巨大的痛苦之中时，会觉得长痛不如短痛，与其只有一线微弱的希望，不如全无希望。彻底的绝望，总好过反反复复的折磨。死亡就像一个干脆利落的句号，终结一切绝望苦痛，它是对活着的不幸最大的安慰，是残缺尽头一个虚构的完满，是悲伤尽头一曲安魂的葬歌。

当尊严受到挤压和侵害，当美好的理想遭到玷污，当一个人失去了他愿意为之献出整个生命的最爱，死亡会安静地在不远处等候，时刻准备为人提供终极的解脱。不知刘向因反对宦官专权而入狱时，是否在狱中想象过这个决绝的终点，不知他是否会想，幸好还有死亡这个选择。若没有死亡，他不知道贤德忠良之士该如何对抗一个暗无天日的时代，如何直面一个太过荒谬的世界，如何接受一个再无期许的未来。

他在《离世》中，记下屈原求死的心情。当年屈原离开郢都，沿水路经过汨罗、沅水、湘水而南下，想到自己遭受的诬陷，想到自己此后再不能重获君王信任，不能再得到任用，想到楚国此后再不能繁盛，心中哀伤定是如大江之水滔滔而下，绵绵不绝。虽说"冀壹寤而锡还"，仍然期盼着君王一朝醒悟，召唤他回国都，但他清醒地知道，一切都结束了。

遥想殷商时代，纣王暴虐，身为贤大夫的彭咸屡次直谏，纣王不听，彭咸愤而投水；而上古时期的师延，本是黄帝身边的乐官，夏朝末期投奔殷商，在周武王伐纣时，亦自沉于濮水。他们并非不爱惜生命，只是因为生命中有不可苟且妥协的部分，活着既不能获取圆满，便只好用死亡来对抗绝望。念及彭咸、师延之举，屈原终于想"赴汨罗之长流"，想在去国的忧伤和无奈中，终结自己的生命。

在刘向眼里，屈原自沉汨罗江的结局，是对彭咸的呼应，亦是对师延的致敬。对楚国的君王，屈原何尝不是苦苦相谏，抵死相争，也不过换来见弃的结果，既然如此，那就效仿彭咸，用投江的举动反抗坚不可摧的现实，用生命唤醒那些麻木的面目和心灵。而在楚国终于四面楚歌，在硝烟里结束大国命运之时，屈原也只能效仿师延，为国家的灭亡祭献自己的骨血和魂灵，彻底地毁灭自己，好让深爱之物的毁灭所带来的伤痛和悲哀，不那么灼人心肠。

# 迷失之时，想回到最初

——王褒《危俊》

　　林不容兮鸣蜩<sup>①</sup>，余何留兮中州？陶嘉月兮总驾，搴玉英兮自修。结荣茝兮逶逝，将去烝兮远游。

　　径岱土兮魏阙，历九曲兮牵牛。聊假日兮相伴，遗光耀兮周流。望太一兮淹息，纡余辔兮自休。晞白日兮皎皎，弥远路兮悠悠。顾列苇兮缥缥<sup>②</sup>，观幽云兮陈浮。

　　钜宝迁兮砏磤<sup>③</sup>，雉咸雊兮相求<sup>④</sup>。泱莽莽兮究志<sup>⑤</sup>，惧吾心兮惆惆<sup>⑥</sup>。步余马兮飞柱，览可与兮匹俦。卒莫有兮纤介，永余思兮怮怮<sup>⑦</sup>。

【注释】

①蜩（tiáo）：蝉。

②苇（bèi）：彗星。缥缥（piāo）：遥远。

③钜（jù）宝：岁星。砏磤（pīn yīn）：形容声音很大。

④雉（zhì）：鸟名，野鸡。雊（gòu）：野鸡鸣叫。

⑤泱（yāng）莽莽：广大的样子。

⑥惆惆（chóu）：忧愁。

⑦怮怮（yóu）：忧愁。

青春时，谁都向往远方。看一座山，以为山的另一边有世间最美的风景；看一条河，想象着河的彼岸通往生命最值得歌颂的精彩。在漫长而残酷的人生尚未展开，那些终将到来的生命的悲哀还未露出它狰狞的獠牙之时，少年的我们总以为远方无所不有，足够容纳全部梦想。及至抵达了远方，才知远方的远，遥遥无边，才知山的另一边，无非是另一座山；河流的彼岸，不过是另一条河流。

最美的风景和值得歌颂的精彩，哪里都不存在。上天或许在你心底植下梦想，却并不许诺它的实现，它不许诺所有的付出都有回报，所有虔诚的祈盼都会成真，所有的善都会战胜恶，所有痛苦背后都藏着快乐幸福。人生不是童话，唇红齿白的少年儿郎，终有一日会在时光的流逝里面目全非，所以苍老的人，总有一副相似的面容。

在人生路上走得太远，会迷失来时的路。谁都没有办法循着时间的印痕，找回最初的崭新锐利的青春，也无法轻易沿着来时的足迹，翻山越岭回到最初的年华。可是，在迷失时，谁都想要回去。至少，王褒是如此。尽管他的一生太过短暂，还没来得及尝过衰老滋味便早早夭亡，但他在人情复杂的京城，一步一险的朝堂上战战兢兢地讨生活时，未必没有迷失和恐慌，未必不想抛下眼前的一切，回到最初的无忧年岁。

《远游》里，屈原曾上天入地，远游天上人间，唯愿超脱卑微尘世，王褒在《危俊》里也说"将去炁兮远游"，树林里既然容不下鸣叫的蝉，中土大地既然容不下一个孤傲高洁的臣子，那就离开君王，离开耗费心血经营的一切，只身远游。而所谓"远游"，看似是离开，其实到头来，仍是在找寻一条回到家国、回归自我的路。

远游途中，他经过北方的荒远之地，见到巍峨高山，穿越九曲苍穹，与牵牛星相逢；遨游天际时，他看过周流闪耀九天的无与伦比的光，仰望过大神太一的威严气魄，见识过缥缥缈缈的彗星，俯视过山中弥漫的云气。前方的道路依然遥远没有尽头，他翻山越岭，依然寻觅不到可以与他并肩同行的人，寻觅不到最初出发时的纯粹之心。彼时，他怀抱着匡时济世的梦想，以为凭借一颗忠心、一身才气，可以改变整个世界，今日，他的梦想不灭，心却老了，布满失意的哀愁，沉重而悲伤。

　　早先的自己去了哪里？若能够回到那时的无忧年岁，他还会做出同样的选择吗？屈原不知道答案，王褒亦不知。命运的转折多多少少有它的必然，否则，在一个才俊之士处境孤危的时代里，他何以不懂得避让危险，何以宁肯选择孤独，也不愿放弃最初的坚持，跻身卑俗的人群之中？

　　但他或许会愿意暂时停留在过往的回忆里，重温那片刻的美梦。毕竟，那是此生唯一一段不辨悲喜、不识荒凉、不懂退却的时光。

# 无法逃开，暂时地忘却

——王褒《陶壅》

　　览杳杳兮世惟，余惆怅兮何归？伤时俗兮溷乱，将奋翼兮高飞。

　　驾八龙兮连蜷，建虹旌兮威夷。观中宇兮浩浩，纷翼翼兮上跻。浮溺水兮舒光，淹低佪兮京沶①。屯余车兮索友，睹皇公兮问师。道莫贵兮归真，羡余术兮可夷。吾乃逝兮南娭②，道幽路兮九疑。越炎火兮万里，过万首兮嶷嶷③。济江海兮蝉蜕，绝北梁兮永辞。浮云郁兮昼昏，霾土忽兮塺塺④。

　　息阳城兮广夏，衰色罔兮中怠。意晓阳兮燎寤，乃自诊兮在兹⑤。思尧舜兮袭兴，幸咎繇兮获谋。悲九州兮靡君，抚轼叹兮作诗。

【注释】

①京沶 (chí)：水中陆地。京，高大。

②娭 (xī)：游戏。

③嶷嶷：高大，高峻。嶷，又作"嶷（yí）"。

④塺塺（méi）：尘土飞扬的样子。

⑤诊（zhěn）：察看。

因"伤时俗兮溷乱""悲九州兮靡君"，才振翅翱翔，远走高飞；为了逃避悲伤，逃避不见容于世的寂寞，才踏上了寻找归宿的旅程，所以，这注定是一场没有结局的出走。

逃避，从来不会换来更好的人生。在《楚辞》中，每一个在尘世里感觉压抑、悲愤的人，都渴望一场上天入地的远游，仿佛不如此，就摆脱不了恒常萦绕于心底的悲伤。可事实上，天上的远游，解不了人间悲愁。至多，它只是一种暂时的忘却，让即将窒息的心灵获得瞬间喘息。

这种暂时的忘却和喘息是如此重要，以至于催生出了浪漫主义诗歌的源头——楚辞。在这些华丽诡谲的文字里，每个人都竞相诉说生命的悲哀，每个人也都清醒地知晓，悲哀无可化解，现实无法改变，他们将和世界保持着永恒的格格不入。即便如此，诉说仍然是重要的，甚至重过悲哀本身。

他们并不期盼结局和答案，只是盼着诗歌的美足以抚慰心灵，盼着一场竭尽感情和心力的倾诉，足以容纳生命里茫然无际的寂寞。当他们纷纷在想象的世界里遨游天际时，也并不期待在虚无缥缈的地方寻找到真实的解决之道，只是想把"天大地大，无处安身立命"的残忍事实告诉自己，发泄心中痛苦罢了。

王褒以文才受到汉宣帝赏识，而他的仕途也仅止于文才之用。安身立命之所，到头来也成了桎梏。他固然不如屈原那样经历大起大落、大悲大喜，却也被困在一场人生里，哀苦寂寞。所以他信笔写一场远游，就写出了彻骨的寂寞滋味。

这是一场寂寞的旅行。驾着八条飞龙，竖起彩虹旌旗又如何，路经神山，越过绵延万里的冲天火焰，行过巍峨险峻的万座海岛又能怎样，即使得以俯瞰整个宇宙，那宇宙间也没有一个角落能够容纳自己。好比人生万世，眼看着高楼起，繁华过眼，终如云烟，没有什么可以真正留住和拥有。

当横渡长江大海，穿越北面桥梁，魂魄飘逸仙去，获得解脱之时，忽然，"浮云郁兮昼昏，霾土忽兮塺塺"，浮云郁积，白昼昏晦，尘土浑浊，漫天飞扬。天上与人间原来并无二致，一样也会被浮云尘埃遮蔽光芒，一样有时光的流逝、容颜的衰老、身心的疲惫。车驾无法继续前行，只好在阳城屋舍暂时停留。此时，远游之人心中所想，仍是人间万事：昔日咎繇辅佐舜帝，自是贤臣择明君从之，当今之世，贤臣仍在，明君却再不可得。

无论身处何方，都感觉寂寞。这种寂寞，是天下无人并肩，只能独自承担命运的寂寞；是才华满身，却始终找不到一处安放之所的寂寞；是捧了满手的爱，却无人可赠、无人可诉的寂寞；是蹉跎了一生，也仍旧寻不到心灵归宿的寂寞；是站在生命的荒野之上，站在广阔天地间，连寂寞都无处安放的寂寞。

# 同病相怜，唱一支悼歌

## ——王逸《悼乱》

　　嗟嗟兮悲夫，殽乱兮纷挐①。茅丝兮同综，冠屦兮共绚②。
督万兮侍宴，周邵兮负刍。白龙兮见射，灵龟兮执拘。仲
尼兮困厄，邹衍兮幽囚。伊余兮念兹，奔遁兮隐居。将升
兮高山，上有兮猴猿。欲入兮深谷，下有兮虺蛇。左见兮
鸣鵙③，右睹兮呼枭。惶悸兮失气，踊跃兮距跳。便旋兮中原，
仰天兮增叹。菅蒯兮塍莽④，藋苇兮仟眠⑤。鹿蹊兮蹦蹦⑥，
貒貉兮蟺蟺⑦。鹳鹆兮轩轩⑧，鹑鹤兮甄甄。

　　哀我兮寡独，靡有兮齐伦。意欲兮沉吟，迫日兮黄昏。
玄鹤兮高飞，曾逝兮青冥。鸧鹒兮喈喈，山鹊兮嘤嘤。鸿
鸼兮振翅，归雁兮于征。吾志兮觉悟，怀我兮圣京。垂屣
兮将起，跬俟兮硕明。

## 【注释】

①殽（xiáo）乱：交错。纷挐（ná）：混乱。
②屦（jù）：鞋。共绚（qú）：装饰相同。

③鵙（jú）：鸟名，即伯劳。

④菅蒯（jiān kuǎi）：茅草之类，可编绳索。

⑤萑（huán）：同"萑"，荻类植物。仟眠：草木丛生的样子。

⑥蹊（xī）：路径。此处指在路上走。躖躖（duàn）：野兽行走的样子。

⑦貒（tuān）：猪獾。貉（hé）：兽名。蟫蟫（xún）：形容相互跟随的样子。

⑧鹯（zhān）：猛禽名，又名晨风。鹞（yào）：猛禽名，通称雀鹰、鹞鹰。

"嗟嗟兮悲夫，殽乱兮纷挐"，《悼乱》开头两句，便将整篇辞赋的感情基调尘埃落定：可悲啊可叹，如此混乱——这是一首倾所有深情吟唱的乱世悼歌。

太平盛世，喧闹繁华，是人心蒸腾出的一片升平气象，有笃定的底子，不可替代的华彩美丽，好比到极艳的花，灼灼照眼。而乱世，尽管常与战乱纷争、民不聊生的悲惨现实，以及奸佞小人横行的丑恶现象有关，却也自有它难以言喻的深刻魅力，好比落红满地，可以发人深省，也能惹人哀怜。

绽放的花有它的华丽篇章，无法绽放的花也有属于它的一首歌。都说乱世出英雄，逼仄的、无可选择的现实，或许更能逼出一个人身上巨大的能量和生命力，催生出坚韧如铁的意志和伟大的理想。可是，乱世蕴生出更多恶，而这些恶会蚕食掉善的立足之地。

屈原所在的战国时代，是一个非凡的乱世。周王室名存实亡，群雄并起，争霸天下，强者为王。楚国地域广大，物产丰富，本是战国时代的强国之一，最终却为秦国所灭。王逸写下这曲《悼乱》时，统一六国的秦国早已灭亡，汉代也历经数次动乱，进入后人称之为"东汉"的后半期。站在历史的终结处，为早已逝去的屈子悼怀亡国，所知、所见、所想、所叹，必然已带上了后来者的视角和沧桑感。所以，以屈子口吻写就的悼乱之歌，倾吐的却是王逸自己内心的伤乱之情。

他在《九思》序中说："逸与屈原，同土同国，悼伤之情，与凡有异。"因王逸是湖北襄阳人，故而道"同土同国"，又因他一生不得志，宦海浮沉不定，官不过侍中，因此视屈原为异代知音。同是天涯沦落人，那种怜惜和哀悼之情便显得格外深重。

遥想屈原所处的时代，犯下弑君之罪的华督、宋万能够在君王身边侍宴，周朝开国功臣周、邵二公，却被放逐，只能靠打柴为生；被后世称为"圣人"的孔子，生前处境也无比窘迫，忠贞不贰的邹衍也被幽禁，处境凄惨。能自如处身于乱世的人，除了英雄豪杰，便是奸佞小人，忠臣贤士寻不到他们的安身之处，只能承受着乱世强加给他们的悲惨命运。

俗世里没有容身之所，那就远走他乡，安顿隐居，可是登上高山，高山上有野猿，进入深谷，深谷里也有毒蛇，山林原野的环境是这样险恶，进一步是万劫不复，退一步是千仞绝壁，怎可安然隐藏自己？而若回到故国，等待着自己的也只有无止境的折磨和失望。

屈原一直都是一个人，孤零零地在混乱的、失去纲常的现实里左冲右突，最终将此身此心祭给吞没一切的江水。这样的痛苦和孤独滋味，想必王逸也尝过，尽管他并未身在乱世，然而大汉的盛世早已不再，在王逸面前，时代徒具空壳，内在的底气尽失，借屈原之口为自己唱一支悼乱之歌，实不为过。

# 穷途末路，也没有关系

——屈原《卜居》

屈原既放，三年不得复见。竭知尽忠，而蔽郭于谗。心烦虑乱，不知所从。乃往见太卜郑詹尹曰："余有所疑，愿因先生决之。"詹尹乃端策拂龟曰："君将何以教之？"屈原曰："吾宁悃悃款款朴以忠乎①？将送往劳来斯无穷乎？宁诛锄草茅以力耕乎？将游大人以成名乎？宁正言不讳以危身乎？将从俗富贵以媮生乎②？宁超然高举以保真乎？将哫訾栗斯喔咿儒儿以事妇人乎③？宁廉洁正直以自清乎？将突梯滑稽如脂如韦以洁楹乎④？宁昂昂若千里之驹乎？将氾氾若水中之凫乎，与波上下，偷以全吾躯乎？宁与骐骥亢轭乎⑤？将随驽马之迹乎？宁与黄鹄比翼乎？将与鸡鹜争食乎？此孰吉孰凶？何去何从？世溷浊而不清，蝉翼为重，千钧为轻；黄钟毁弃，瓦釜雷鸣；谗人高张，贤士无名。吁嗟默默兮，谁知吾之廉贞？"詹尹乃释策而谢曰："夫尺有所短，寸有所长；物有所不足，智有所不明；数有所不逮，神有所不通。用君之心，行君之意，龟策诚不能知此事！"

①悃悃（kǔn）款款：忠诚勤勉的样子。朴：本性。

②媮（tōu）生：苟且求活。

③哫訾（zú zī）：阿谀奉承。喔咿（wō yī）：献媚强笑的样子。儒儿：强颜欢笑的样子。

④突梯滑（gǔ）稽：圆滑随俗。

⑤亢轭（kàng è）：并驾齐驱。

　　楚地山峰，何止千座，楚地水脉，何止万条，而遭到逐弃、告别君王的屈原，却只能前往那一纸王命指定的山水。

　　那是别人为他决定的路，所以他走得心不甘情不愿，所以他在流放生涯里遥望楚地的千山万水，总想找出另外一条路来，安放这颗因太过清白而无处可去的心。

　　茫然时，他便用占卜决疑。古时先民常以占卜决策家国大事、人生大事，朝廷往往设卜官，专司卜卦之职。屈原去见卜官之长郑詹尹，詹尹摆好蓍草，拂拭灵龟，问屈原占卜何事。屈原于是道出了久藏心底的疑惑。

　　我应该诚实勤恳、朴实忠厚呢，还是应该无休止地应酬、周旋、八面玲珑？我是应当锄草助苗努力耕耘聊度此生，还是要游说权贵以取得虚名？应该忠言直谏不顾生死，还是贪图富贵苟且偷生？应当超然世外保持自我，还是屈己从俗，阿谀诌媚？应当廉洁正直，还是圆滑世故？应该如矫健的千里马一样气宇轩昂，还是像水中野鸭般漂浮不定、随波逐流？应该与骏马并驾齐驱，还是与劣马亦步亦趋？应该与黄鹄比翼齐飞，还是与鸡鸭争食？

一口气提出这么多问题，其实都是一个问题：我应该坚持自我的清白高洁，还是应该与世俗同流合污？其实屈原哪里是真的感到疑惑，孰吉孰凶，何去何从，他的心底，早有答案。

　　他知晓"世溷浊而不清"，薄薄蝉翼被看得重若千钧，真正的千钧之物却被看得轻贱；洪亮的黄钟遭毁，鄙俗的瓦釜之声却被当成雷鸣；谗佞的小人趾高气扬，贤士却默默无名，只能叹息着自己的廉洁坚贞无人看见，更无人珍视。他知晓这一切，从一开始，他就做好了在一条绝路上走到黑的打算。可是他仍然写下这首《卜居》，是问卜，也是自问，更是向天地、向全世界发出的诘责与悲泣。如蒋骥《山带阁注楚辞》言："《卜居》本意，盖以恶既不可为，而善又不蒙福，故向神而号之，犹阮籍途穷之泣也。"

　　据说阮籍常驾车出游，行至途穷，便停车大哭。屈原写《卜居》，亦是穷途末路之哭。知道自己永远不会选择阿谀谄媚、圆滑世故的那条路，可是选择走一条洁身自好、坚持自我的路，却只能换来落魄悲惨的命运。他左思右想，左右为难，发现自己真是无路可走，选择本身已是痛苦，选择之后仍然是痛苦。楚地的千山万水，唯有日月永恒，却没有他可走的路。

　　最后，他借郑詹尹之口安慰自己：尺有所短，寸有所长，美好的事物不见得完美，高深的智慧也有不能抵达之处，卜卦不能预知万事，神灵的法力也不见得无所不能，所以，用你自己的心去思考，按照你自己的意愿去行动吧。

　　与其苦苦追问为何清白之人蒙污，污浊之人得以登上高位，与其在没有答案的追寻中痛苦终生，不如顺其自然，承认、接受痛苦本身，让它升华，变成生命固有的一部分。穷途末路，也没有关系，世间之事，从来都没有完美。

# 混浊世间，难以容下他

——严忌《哀时命》节选

　　哀时命之不及古人兮，夫何予生之不遘时。往者不可
扳援兮①，来者不可与期。志憾恨而不逞兮，杼中情而属诗。
夜炯炯而不寐兮，怀隐忧而历兹。心郁郁而无告兮，众孰
可与深谋，欿愁悴而委惰兮②，老冉冉而逮之。居处愁以隐
约兮，志沉抑而不扬。道壅塞而不通兮，江河广而无梁。
愿至崑崈之悬圃兮，采钟山之玉英。揽瑶木之橝枝兮，望阆
风之板桐。弱水汩其为难兮，路中断而不通。势不能凌波
以径度兮，又无羽翼而高翔。然隐悯而不达兮，独徙倚而
彷徉。怅惝罔以永思兮，心纡轸而增伤③。倚踌躇以淹留兮，
日饥馑而绝粮。廓抱景而独倚兮，超永思乎故乡。廓落寂
而无友兮，谁可与玩此遗芳？白日晼晚其将入兮④，哀余寿
之弗将。车既弊而马疲兮，蹇邅徊而不能行⑤。身既不容于
浊世兮，不知进退之宜当！

【注释】

①扳（pān）援：攀附。

②欿（kǎn）愁悴：忧愁。

③纡轸（zhěn）：心情痛苦。

④晼（wǎn）晚：太阳西下。

⑤邅（zhān）徊：徘徊不前。

"哀时命"三字，于严忌一生最是贴合。

西汉时，严忌以文才和善辩之才闻名。真名士者自风流，想来在当世，他也是紫鞍白马、风度翩翩的陌上公子，于春日好景里杏花满头，风流自诩。后来他应召成为吴王刘濞的门客，本是欲拼却一身才华，博取大好前程，显达于世，也不辜负这天赋的异禀资质。可惜刘濞并非明主，野心却不小，竟欲以卵击石，图谋反叛之计，严忌有识人之明，知他谋反必败，于是上书劝谏，吴王不听，严忌只好离吴，投奔梁孝王。梁孝王虽对他礼遇有加，但严忌此生还是未能有所作为。

如此遭际，确实当得起一句"哀时命之不及古人兮，夫何予生之不遭时"。那些显赫一时且流芳百世的古人，如姜太公、周公旦，无不是待时而动，追随明君，君臣、时命相得益彰，而严忌检视自己，却只能得出一个"生不逢时"的结论：以为一展抱负的时机到了，等来的却是灾厄，躲开了灾厄，又陷于平庸，时矣？命矣？

商朝比干最后虽惨遭纣王挖心，可他到底还是得到过重用，并且还留下了一生辉煌功业，供后人景仰，垂范万世；楚国屈原虽遭流放，最后眼睁睁看着家国灭亡，以致自杀殉国，可他毕竟还有过大刀阔斧改革朝政，备受怀王倚赖和信任的时期，严忌自叹，自视甚高，却碌碌无为，在愚昧暗淡的现实里搁浅终生，如一粒微不足道的尘埃，投入水中，连一圈涟漪都激荡不起来。

往者不可追，来者不可及，他唯有站在当下悲叹，遥望昆仑悬圃，钟山玉英，玉树长枝，板桐神山，慨叹理想如此高远，自己却只可仰望，只因没有翅膀，不能高飞。

时日无常，寿命不永，而他无法再振作精神，去行一条堵塞的路，过一条无桥可渡的河。年岁在他愁苦憔悴、颓丧倦怠之时倏忽而逝，在他夜不成寐之时从他心上痛碾而过，在他逐渐老去的焦虑和恐慌之中毫无意义地虚度，他寄希望于人生，可是，正是这场人生里难料的起伏打破了他的希望。这短暂得令人惊恐、又漫长得叫人绝望的人生，他真不知该如何度过。是的，他有名扬当世的才华，有理想抱负，有常人难及的眼光和决断，可惜谁也不能靠不被赏识的才华，靠无从实现的理想，靠无用武之地的智慧安然泅渡此生无常。

终于，他发出长叹："身既不容于浊世兮，不知进退之宜当！"想要进取，时命不合，想要后退，又心有不甘，实在进退两难。混浊的世间既容不下他，进退其实也并非那么重要，进也好，退也罢，他都不可能与这个世界握手言和。

# 身为人类，竟如此渺小

## ——屈原《山鬼》

  若有人兮山之阿，被薜荔兮带女萝。既含睇兮又宜笑<sup>①</sup>，子慕予兮善窈窕。乘赤豹兮从文狸，辛夷车兮结桂旗。被石兰兮带杜衡，折芳馨兮遗所思。

  余处幽篁兮终不见天<sup>②</sup>，路险难兮独后来。表独立兮山之上，云容容兮而在下，杳冥冥兮羌昼晦，东风飘兮神灵雨。留灵修兮憺忘归<sup>③</sup>。岁既晏兮孰华予<sup>④</sup>？

  采三秀兮于山间，石磊磊兮葛蔓蔓。怨公子兮怅忘归，君思我兮不得闲。山中人兮芳杜若，饮石泉兮荫松柏，君思我兮然疑作。雷填填兮雨冥冥，猨啾啾兮又夜鸣。风飒飒兮木萧萧，思公子兮徒离忧！

**【注释】**

①含睇（dì）：含情而视。

②幽篁（huáng）：幽深的竹林。

③灵修：对爱人的尊称。憺（dàn）：安乐。

④晏（yàn）：晚，迟。华予：使我如花开般美丽。

96

云气缥缈、雾霭迷离的山林间，身披薜荔石兰、腰束女萝杜衡的女巫喜滋滋地行走在迎神的路上，窈窕身姿若隐若现，动人眼波微微流转，仿佛脉脉含情；笑靥嫣然，在她清秀美好的面庞上如花绽放。

"既含睇兮又宜笑"，只此一句，便将女巫清新鲜翠、恍若清晨新露的气质写活于眼前，堪与《诗经·硕人》里那位倾国倾城、"巧笑倩兮，美目盼兮"的美人庄姜比肩。女巫迎的神是山鬼，迎山川之神，与通常的祭神仪式不同，不是在祭殿等待神灵降临，而是需要巫女入山迎接，献上祭品。

山鬼行踪缥缈，不会轻易现身，所以女巫要将自己装扮得倩丽华美，以吸引神女附身，她甚至还模仿山鬼的口吻："子慕予兮善窈窕。"你看，我这样美好，你是不是很羡慕？如此直爽可爱的自夸自赞，恰恰贴合了山鬼自由活泼、调皮开朗的性格。不知那位神龙见首不见尾的山林神女听了，会有怎样会心的欢喜。

开着笔尖状花朵的辛夷、芬芳的桂枝，装饰着车仗，女巫手捻花枝，乘着赤豹，身后跟随着斑斓花狸，沿着曲折山隈走来，这真是一次绚丽、欢快、热闹的迎神之旅。可是，这座山实在太过陡峭险峻，密林太过幽深昏暗，以至于女巫错失了迎接山鬼的时机。她焦急地寻觅山神的身影，登上高山之巅俯瞰脚下深林，可是脚下云雾茫茫，遮蔽了视野；在幽暗的深林四处搜索，可惜林中古木参天，遮挡了阳光，让白昼也如同黑夜般暗淡。

那山间飘旋的东风、飞洒的细雨，莫非全是神灵所降？可为何她不肯露面？我们人类祭祀山灵，不就是想求得护佑和福祉？如今她不现身，还有谁能够使我们在年华渐老时永如花艳，青春常驻？

时光的流逝，永远是最令人心惊之事。谁不想留住时日脚步，让最美好的自己多停留片刻，可惜，春花秋月难了，时光如箭矢，无法逆转回头，若没有神助，凭区区人类之力，什么也办不到，只能眼睁睁看着岁月的利刃在皮肤上划下印痕，让所有梦想、希望都湮灭于时间幽冥般的深海。

念及迎神失败，无法得到神灵的庇佑，女巫不禁对山鬼生出哀怨，"怨公子兮怅忘归"，你为何没有到来？难道"君思我兮不得闲"？你看我今日打扮得像杜若一样芬芳美丽，为何你不肯出现？

仿佛是为呼应女巫的心情，雷声滚滚，风雨蒙蒙，猿啼阵阵，穿透沉沉夜幕，整座山林更显幽暗凄凉。起初，她拈着花枝，乘着赤豹，在何等欣喜和欢悦的氛围里、何等绚丽多姿的排场下走来，如今，却要满怀思念和哀愁离去。

"思公子兮徒离忧"，对神灵的思念和期盼，何尝不是人类对自己的垂怜：人生的烦恼和惆怅这么多，生命的悲哀无从化解，身为人类，如此渺小。女巫发出哀音阵阵，或许，是因为"古人'以哀音为美'，料想神灵必也喜好悲切的哀音"，他们盼着这份悱恻哀思，能够引来神灵的怜悯，赐给世人恒久的福祉。

逆流而上，我想与她说说话

# 心之所向，仍无法抵达

## ——王褒《蓄英》

秋风兮萧萧，舒芳兮振条。微霜兮眇眇，病殀兮鸣蜩。玄鸟兮辞归，飞翔兮灵丘。望溪兮滃郁[①]，熊罴兮呴嗥[②]。

唐虞兮不存，何故兮久留？临渊兮汪洋，顾林兮忽荒。修余兮袿衣[③]，骑霓兮南上。乘云兮回回，亹亹兮自强[④]。

将息兮兰皋，失志兮悠悠。棼蕴兮徽纚[⑤]，思君兮无聊。身去兮意存，怆恨兮怀愁。

**【注释】**

①滃（wěng）郁：云烟弥漫。

②罴（pí）：一种猛兽。呴嗥（hǒu háo）：吼叫。

③袿（guī）衣：长袍。

④亹亹（wěi）：勉励。

⑤棼（fén）蕴：愁思蕴积的样子。徽纚（méi lí）：面色污黑的样子。

又是一年秋深之际，在人生晚景里流浪的人又把自己耽搁在了凄清的旅途上。

秋风萧萧，凋蚀着春夏努力生长的繁枝茂叶。芳草被来自深秋的毁灭力量摇荡着，震撼着，缓缓走向枯萎和死亡。寒气在茫茫大地上铺下第一层薄霜时，鸣蝉已死，形迹全无。燕子感时而辞归，高高盘桓飞翔在神山之巅、云霄之上。远处溪谷云气弥漫，山中熊罴猛兽声声吼叫。

这是一个萧瑟悲凉的季节，亦是一个暗昧混沌的时代，让身在其中的人只想逃离。遥想唐尧虞舜尚在的世界，真是如金子般闪闪发光，而当时的人们想必并未察觉，他们正身处一个怎样繁花似锦的年代。

最理想、最美好的东西，拥有时总是不知不觉，也总要待到失去之后，才知此物珍贵。

最怀念尧舜时代的人，自然是那些无法跟随明主、又不愿屈己随俗的士大夫。有时，他们看着乌烟瘴气、小人如鱼得水的世态，心头总有挥之不去的迷惑：为何还要停留在此？为何如此委屈自己，让洁净如初生天地的身心低伏于污浊的尘埃之中？天际云端的风景明明那样高远辽阔，若可骑着霓虹扶摇直上九万里，乘着云气遨游宇宙八荒，又何须蝇营狗苟于尘世，忍受这颠倒是非的荒诞现实？

这一切自然都是王褒的想象。他所跟随的汉宣帝算不得昏君，他也并不需要艰难地坚持自我，甚至为此丧命，但是尽管如此，走在自己的旅途上，他却仍贪恋别处风景更好，无论以什么方式活过这一场人生，终是免不了遗憾。

就像他笔下的屈原，站立于大地，想象天涯景象；站在自己的命运里，设想他人一生；围困于自己的时代，遥想历史长河里熠熠生辉的珍宝——总以为风景在别处独好，命运在别处更慷慨，生活在别处更自由。

一切都不在此处，在别处。

倘若时代多一点理想和希望，倘若君王不那么心性难定、昏聩不明，倘若奸佞小人少一点，追名逐利的欲望不那么风靡于世，倘若世界给贤人一个安身立命之所，倘若……心存遗憾的人热爱假设，唯有在假设中，世事方可圆满；唯有在一个想象中的"别处"，心灵方可得片刻抚慰。

只是，任你将想象的世界描摹得如何完美，人生的痛苦也无法因此而超脱。"将息兮兰皋"，兰泽之畔好比世外桃源，远离争斗和喧嚣，然而落魄的人在那里憩息，心中所思，仍是失志的悲哀，心中所念，仍是人间的君王。不论遨游至何方，都是"身去兮意存，怆恨兮怀愁"。

从一开始，就已深陷无法解脱的悖论的怪圈：因为愤恨痛苦，才想要逃离，才会创造出关于美好世界的想象，而身处完美的想象世界中时，却仍会被最初的痛苦所击败。

"别处"是永不可抵达的安慰，亦是让人千百遍回到现实，逼视命运的永不可逆转的残忍。

# 美酒天籁，难消万古愁

## ——王褒《思忠》

　　登九灵兮游神，静女歌兮微晨。悲皇丘兮积葛，众体错兮交纷。贞枝抑兮枯槁，枉车登兮庆云。感余志兮惨慄，心怆怆兮自怜。

　　驾玄螭兮北征，向吾路兮葱岭。连五宿兮建旒，扬氛气兮为旌。历广漠兮驰骛，览中国兮冥冥。玄武步兮水母，与吾期兮南荣。登华盖兮乘阳，聊逍遥兮播光。抽库娄兮酌醴①，援爮瓜兮接粮②。毕休息兮远逝，发玉轫兮西行。

　　惟时俗兮疾正，弗可久兮此方。寤辟摽兮永思③，心怫郁兮内伤。

【注释】

①抽：引，持取。库娄：星名，形状像斟酒器皿。醴（lǐ）：一种甜酒。

②爮（páo）瓜：果蔬名，这里指星名。

③辟摽（pì biào）：拍打胸部。

愁有千万种。有的愁是雨后落花、柳上新月、日暮黄昏、梧桐秋雨；有的愁是国破家亡后的"恰似一江春水向东流"，还是生命中难以言说的"别是一般滋味在心头"；有的愁沉重到双溪舴艋舟也载不动，又轻巧到仅用"一川烟草，满城风絮，梅子黄时雨"便可囊括。

还有的愁，不可说，一说就错。便如《丑奴儿》词所言："少年不识愁滋味，爱上层楼。爱上层楼，为赋新词强说愁。而今识尽愁滋味，欲说还休。欲说还休，却道天凉好个秋。"真正的愁，是说不出来的，说出来的至多是冰山一角，是较浅的那一部分。

若倾吐愁绪便可消解愁绪，那天下只怕再无烦愁扰人。

消去烦恼愁情，谈何容易。曹操说"何以解忧，唯有杜康"，仿佛酒可解尽世间忧愁，李白却说"抽刀断水水更流，举杯消愁愁更愁"，言下之意，愁竟无法可解。可同时他也大笔一挥，道出"呼儿将出换美酒，与尔同销万古愁"的豪言，在这里，愁虽有万古之长久，却可借一壶美酒、一腔豪情轻易消去。

都是一家之言。

谁都是在借着倾吐稀释痛苦，借着文字的酒把自己灌醉，忘却烦恼苦闷。西汉的巴蜀文人王褒进京求仕，在前途难料、心生苦闷之际，以为写下《九怀》，便可用文字开解愁苦，以为写尽屈原的痛苦，便可洗脱自己的痛苦。结果，也只是徒然"心怫郁兮内伤"。

不过他提笔时，确是想要为屈原和自己寻得一条出路。这条出路极美，"登九灵兮游神，静女歌兮微晨"，登上九天，极目远望，晨光熹微，雨露未晞，尘世的些许烦恼瞬间变得遥远，郁结的心情一下子舒放开来。随后，云端传来神女的歌声，那歌声恍如天籁之音，唱破了天地间最后一幕黑暗，唱出了一个人间新生的早晨，唱化了人心里高高矗立的、从未消融的坚冰。

此曲只应天上有，人间难得是知音。王褒想象屈原和自己于九天之上高翔，以五大星宿为旗，穿过辽阔天地，驰骋如风时，或许真的相信神女一曲高歌，可解万古清愁。毕竟，在这些尝尽时俗困厄的人心里，人间混浊之地早已不可久留，辽阔无际的天上是唯一的出口，最好的风景，最完整的自由都在那里，而一曲响彻四海八荒、沾染天地间最洁净的晨光清露的神女之歌，自然更加令人难以抗拒。

只可惜神女之歌不可常闻，九天之上的远游不可常有，人总还是活在低微的尘世。所以愁总有万古之久，并不能因些许歌酒而真正断绝，但那回荡在卑微生命里，洗净双耳和灵魂的高歌，到底还是最好的慰藉。

# 运用想象，造一方乐土

——刘向《怨思》节选


背玉门以犇骛兮[1]，寒离尤而干诟。若龙逢之沉首兮[2]，王子比干之逢醢[3]。念社稷之几危兮，反为仇而见怨。思国家之离沮兮，躬获愆而结难。若青蝇之伪质兮，晋骊姬之反情。恐登阶之逢殆兮，故退伏于末庭。孽臣之号咷兮[4]，本朝芜而不治。犯颜色而触谏兮，反蒙辜而被疑。菀蘼芜与菌若兮，渐藁本于洿渎[5]。淹芳芷于腐井兮，弃鸡骇于筐簏。执棠溪以刜蓬兮[6]，秉干将以割肉。筐泽泻以豹鞹兮[7]，破荆和以继筑。时溷浊犹未清兮，世殽乱犹未察。欲容与以俟时兮，惧年岁之既晏。顾屈节以从流兮，心巩巩而不夷[8]。宁浮沉而驰骋兮，下江湘以邅迴。


## 【注释】

①犇骛：奔驰。

②龙逢：即关龙逢，夏代的贤人，因直谏为桀所杀。

③醢（hǎi）：剁成肉酱。

④号咷（táo）：呼喊。

⑤藁（gǎo）本：香草名。洿渎（wū dú）：小水沟。

⑥棠溪：古代一种名贵的宝剑。制（fú）：砍。

⑦豹鞹（kuò）：豹皮制成的革。

⑧巩巩：忧惧。


　　屈原，在楚辞中是一个绕不过去的符号。

　　他有着太过跌宕的人生、太过清白的灵魂、太过耀眼的才华，留下了太过华丽奇绝的诗歌，以至于后人一提笔，便只能落入他咏叹的窠臼。东方朔、王褒、刘向、王逸，人人皆有自己的苦水要倾倒，有难以抑制的痛楚要消解，却在下笔时，纷纷掉转笔锋去写屈原的痛苦；在预备着痛浇自己心中块垒时，都不约而同地端起了屈原的酒杯。

　　两次下狱，以及曾被贬为庶民的经历，已足以让刘向写出字字哀愁、句句悲怨的诗句，可是在写《九叹》时，他只是拼命地诉说着屈原如何不容于世，屈原如何思君、念国、怀乡，屈原如何苦闷怨愤、执着不屈，毫不关涉自己的心志感情。

　　或许是因屈原那一杯酒的滋味过于醇冽、丰厚，让所有人沉醉、悲伤、辗转叹息，更将一切后来者的酒衬托得黯淡无光、寡淡无味。那个在辽阔楚地流浪彷徨、仰头呼告的孤独诗人的形象，那个头戴高冠、身系玉佩香草的落魄忠臣的身影，已经成为一个高洁的悲剧象征，无须赘言，便可唤起人们心底最深的悲悯和哀伤。

　　与其写自己，不如写屈原，反正这世间的悲剧都是一回事，这或许是在朝堂上起起落落，在仕途里走得步步惊心的刘向心底最真实的想法。

他写屈原"念社稷""思国家"，却因此而"见怨""离沮"，心中所痛惜的却是自己。从先秦到秦汉，时光掩埋了历史，浇铸了白骨血肉，他站在数百年的时空之后，眼中所见仍是"孽臣"喧哗，朝政"芜而不治"的景象，忠心的臣子仍旧"犯颜色而触谏兮，反蒙辜而被疑"。世事仍然颠倒了黑白，是非不清，好坏不明。芬芳的白芷沤在臭水之中，心性高洁的人依然无路可走。

可悲，也可笑。想等待时机，积极进取，前方早已没有坦途。且不论朝堂为小人把持，铁桶般不得其门而入，自己也一生飘摇，年事衰颓，再难振作心力，担当大用。想要自暴自弃，放弃胸中抱负、清高品性，改变节操与小人同流合污，想必天下人都会额手相庆，但他过不了自己这一关。

进无门，退无路，只好全然抛开得失忧乐，驰游于沅水之上，徘徊于湘水之滨，以山水作为归途。

这自然是自嘲之语、宽慰之语。若真可沉静心志，超脱世俗，日夜于山间嬉游、水畔放歌，摘取清风明月、雨露水雾为食，倒也不失为一大乐事。可是山水怎可当作归途？屈原在楚地山水流浪数年，伤心了数年，最终仍以纵身一跃的姿态殉了家国，刘向自己，亦终生在大汉的朝堂为官，并不曾真正在想象中的江湖任情遨游。

不过是为自己匀出一片想象的乐土，好让现实不那么固若金汤，逼人窒息罢了。

# 无可奈何，被现实刺伤

——东方朔《怨思》

　　贤士穷而隐处兮，廉方正而不容。子胥谏而靡躯兮，比干忠而剖心。子推自割而饮君兮①，德日忘而怨深。行明白而日黑兮，荆棘聚而成林。江离弃于穷巷兮，蒺藜蔓乎东厢②。贤者蔽而不见兮，谗谀进而相朋。枭鸱并进而俱鸣兮，凤凰飞而高翔。愿壹往而径逝兮，道壅绝而不通。

**【注释】**

①饮（sì）：即"食（sì）"，喂养。
②蒺藜（jí lí）：多棘的草，这里比喻小人。

　　对那些因坚持清白和理想而不得志的人而言，究竟现实应该以怎样的面貌在眼前铺开，才能给他们四面透风的寒凉心境带来真正的温暖和慰藉？

　　从历史冠冕堂皇的书写里向内窥视，只看到一个又一个因忠诚而获罪、因正直而身亡的悲剧身影，无声地向后来者倾诉。流逝的时光里没有希望，更没有梦想栖息。

昔日吴国成诸侯一霸，越王勾践卧薪尝胆，吴国大夫伍子胥进言吴王，劝杀勾践，吴王置若罔闻，又听信谗言，竟下令赐他一死。九年后，吴国为越国所灭。不知道那时，黄泉之下的吴国大夫是否还有在天之灵，是否还会为这个背弃了他、杀害了他的君王和国家流下伤心的眼泪。

春秋时期晋国的介子推与公子重耳逃亡时，介子推不惜割股为重耳充饥，重耳成了晋文公后，对子推却逐渐忘却恩义，猜忌日深。后来子推辞去功禄，隐居深山，晋文公醒悟求人心切，竟听信小人谏言，下令烧山，以致子推身死。

写下"子胥谏而靡躯""子推自割而饲君"时，东方朔许是在替伍子胥和介子推不值。他们都有才干，有头脑，有大志，却为了"莫须有"的罪名赴死，这真是最悲哀的事。尤其是伍子胥，因为他的死，本可以得救的国家也就此沦亡，他的预言那么精准，这个世界却错得太离谱，离谱到不允许一个对的人活下去。

殷朝的比干，辅政四十余年，劳苦功高，因纣王太过暴虐，直谏三日不去，竟惨遭纣王挖心。"比干忠而剖心"，应是每一位忠臣的噩梦。在一个错误的时代，谁都可能成为比干。伍子胥是如此，介子推也是如此，都为倾尽心血的君主家国祭出了生命。屈原固然没有遭遇挖心的酷刑，然而那些来自君王的不由分说的背叛，再也无法挽回的信任，贯穿了他整个后半生的流放生涯，何尝不是插在他心上的一把滴血的刀。高洁正直的人都是这样，深爱着这个世界，却不得不躲避来自世界的尖利箭矢。

任人唯贤的尧舜时代早已过去，那是一个独一无二的黄金时代，任后人如何向往、崇仰，现实也无法重现昔日的理想荣光。不过，也正是因为无从实现，理想才成其为理想。

真正的理想，会永远高悬于现实的泥沼，永远不会变成理所当然的事实，所以东方朔只能如屈原一样，挣扎在没有希望的泥沼里，仰望头顶熠熠发光的理想，盼望着从不曾降临的救赎，同时却深陷于现实的荒诞和无可奈何，郁郁不得志地度过他的一生。

# 苦吟悲歌，不如一声啸

——刘向《思古》节选

冥冥深林兮，树木郁郁。山参差以巇岩兮，阜杳杳以蔽日。悲余心之悁悁兮<sup>①</sup>，目眇眇而遗泣。风骚屑以摇木兮，云吸吸以湫戾<sup>②</sup>。悲余生之无欢兮，愁倥偬于山陆<sup>③</sup>。旦徘徊于长阪兮，夕彷徨而独宿。发披披以鬤鬤兮<sup>④</sup>，躬劬劳而瘏悴<sup>⑤</sup>。魂伾伾而南行兮<sup>⑥</sup>，泣沾襟而濡袂。心婵媛而无告兮，口噤闭而不言。违郢都之旧闾兮，回湘沅而远迁。念余邦之横陷兮，宗鬼神之无次。闵先嗣之中绝兮，心惶惑而自悲。聊浮游于山陿兮<sup>⑦</sup>，步周流于江畔。临深水而长啸兮，且徜徉而泛观。

**【注释】**

①悁悁（yuān）：忧伤。

②吸吸：云浮动或移动的样子。湫（qiū）戾：卷曲。

③倥偬（kǒng zǒng）：困苦窘迫。

④鬤鬤（ráng）：头发纷乱。

⑤劬（qú）劳：劳累。瘏（tú）悴：疲劳憔悴。

⑥怔怔（guàng）：心神不安。
⑦陜：同"峡"，峡谷。


魏晋时期，有一群特立独行的人，被称为"竹林七贤"，前无古人，后无来者，可说是反叛的极致。他们时常跑到山林中长啸，状若疯狂。

关于"啸"，蒋勋先生有过精彩的解说：啸是由一个"口"字和"肃"字组成，它并非滑稽和疯癫，而是一个孤独的人走向群山万壑间，张开口大叫的模样。《世说新语》载，阮籍长啸之时，山鸣谷应。想象一下，那样一种发自肺腑、令人热泪盈眶的呐喊，足以震动整个天地。啸，当是从最大的压抑中狂吼出来的声音。一个人用生命呼喊出来的声音，用生命去呼喊的行为，并不是疯癫之举，并不值得嘲笑。

为什么要仰天长啸？因为他们与那个黑暗混乱的时代格格不入，也因生命被逼至绝境，难堪的现实避无可避。生在汉代的刘向，也曾被多灾的遭际逼到绝路，也曾因对自我和理想的坚持，被这个浅陋的世间背叛，深陷厄运，却至多只可一遍又一遍在文字的枯井里低吟着苦楚人生，如临深渊、如履薄冰地走在生命的边缘；只能在想象中借屈原的"临深水而长啸"发泄心中苦闷，而在现实中，仍是落魄、痛苦、一筹莫展。

刘向设想，被放逐后的屈原，从此好比行在"冥冥深林"里，生命进入暗无天日的隧洞。那阴暗幽深、长满"郁郁"草木的山林，一如他的内心，尚有磅礴激情、慷慨心志，却已无多少希望可言。

113

他开始"悲余生之无欢",在深山野岭间日夜徘徊,披头散发,形容憔悴,神魂难安,泪落沾襟。时日依然向前推移,但他只是漠然看着秋风摇动草木,浮云卷曲飘移,仿佛一切已与他全然无关。

这难堪的境遇,心底留存的坚持,牵萦的情思,可向谁诉说呢?当然无人可诉,若有人肯倾听,他也不至于落到如此地步;退一步讲,即便有可诉说的人,也不过徒然重复着不被理解、不被赏识的命运。思来想去,只好"口噤闭而不言"。

可是许多事,并非"不言"便可。真正爱国的人离开了故国,渡过湘江沅水,漂泊远行,从此无人再真心护卫家国,若故国横遭祸患,宗族祖先的鬼神还有谁去祭祀?先人功业,还有谁能继承?这位被后人称为伟大的爱国诗人的贤士,无处言说内心郁结,无从排解对故国的忧心,只能"聊浮游于山陿""步周流于江畔",在山峡之间漫步,在江水之畔游荡。最终,他徘徊又徘徊,游荡再游荡,终于将所有的怅恨和痛苦都融于深渊之上的那一声长啸。

苦吟悲歌,不如纵声一啸。既然人生已落魄至此,既然这个世界从来都不给高洁之人留下一片干净天地,不愿花费哪怕一丁点儿心思去理解他人的爱恨悲欢,何妨吟啸且徐行,再不去理会身外纷扰和命里浮沉。

# 近在咫尺，却远在天涯

## ——屈原《思美人》节选

思美人兮，揽涕而伫眙<sup>①</sup>。媒绝路阻兮，言不可结而诒。蹇蹇之烦冤兮，陷滞而不发。申旦以舒中情兮，志沉菀而莫达<sup>②</sup>。愿寄言于浮云兮，遇丰隆而不将。因归鸟而致辞兮，羌迅高而难当。

【注释】

①揽涕：收起眼泪。伫眙（zhù chì）：久久站立，注视前方。
②沉菀（yùn）：心思郁积而不通的样子。

《诗经·邶风》有《简兮》篇，写女子恋慕风度翩翩的舞者，魂牵梦萦之际发出甜蜜而惆怅的叹息："云谁之思？西方美人。"以"美人"言男子，真是绝代的风华。比起称女子为"美人"，那份美感更是入骨，叫人忍不住去怀想那些与美有关或无关的曲折心绪和深婉风情。所以清代学者牛运震说这首诗以"细媚淡远之笔作结，

115

神韵绝佳"，好似这种美丽的情怀与姿态已透纸而出，让人情不自禁地生出了欢喜和赞叹。

屈原写《思美人》，也是以"美人"言男子，而且这名男子并非常人，他是一国之君，坐拥江山，呼风唤雨。可是屈原说"思美人兮"，那高高在上的国君仿佛一下子就变成了可望而不可即、可遇而不可求的伊人，与他隔着一条无法泅渡的河流，云山雾罩，恍若梦里光景，看不分明。

他久久伫立着，遥望远方，思念美人，泪眼迷蒙。明明知道没有媒人，路又迢遥，那些思念与表白总是说不出口，无法成章，仍然断绝不了痴惘之心，这样的情景、心境，像极了爱情。就像爱一个人，爱得静默而深刻，爱得让自己的眼泪逆流成河，心爱的人却永远站在水的另一边，求而不得。

"所谓伊人，在水一方"，白露茫茫，秋苇苍苍，《诗经·蒹葭》中的男子曾痴迷地在水边徘徊，寻找他的伊人。伊人似乎就在眼前，但他只能看到她在水一方的倩影，美丽的笑容在雾中若隐若现，他与她，盈盈一水间，脉脉不得语。

屈原与他的君王何尝不是这样，彼此之间相隔迢迢天河，一人永恒思念和追求，另一人却总是轻易转身，决然而无情。他想将一腔衷情托付给浮云，云神却不肯听取；想让归鸟为自己传话，它却迅疾高飞，转瞬便消失了踪影。梦里遥不可及的君王，原来是人人皆想追求却求之不得的美人。屈原的"思美人"，真是缱绻，也真是绝望。他和理想之间的距离虽然咫尺可见，却也远在天涯，美好的思念缠绵如流水，却是怎么流，也流不到江水的那一方。

他的人生从来便是如此，香草，美人，那些终生追逐的美好理想，高洁情操，他心心念念的君主和故国，无时无刻不在他身侧心底，流连辗转，悲愁怅叹，却又如遥远天际的尘埃，海角天涯浑然一体的暮色，如生生世世抵达不了的开满血红曼陀罗的彼岸，让他一直触碰不到，拥有不了，让他耗尽了毕生心神，燃尽了满腔热血，最后也只换来一场空。

所幸，他的生命到底燃烧过，如烟火，瞬间的璀璨，便可让人间所有灯火失去颜色。又如爱情，轰轰烈烈，不管爱过谁，不管结局如何，终究不会后悔。

# 独自一人，茫茫然来去

## ——东方朔《谬谏》节选

　　固时俗之工巧兮，灭规矩而改错。却骐骥而不乘兮，策驽骀而取路。当世岂无骐骥兮，诚无王良之善驭。见执辔者非其人兮，故驹跳而远去。不量凿而正枘兮，恐矩矱之不同①。不论世而高举兮，恐操行之不调。弧弓弛而不张兮②，孰云知其所至？无倾危之患难兮，焉知贤士之所死？俗推佞而进富兮，节行张而不著。贤良蔽而不群兮，朋曹比而党誉。邪说饰而多曲兮，正法孤而不公。直士隐而避匿兮，谗谀登乎明堂。弃彭咸之娱乐兮，灭巧倕之绳墨。菎蕗杂于黀蒸兮③，机蓬矢以射革。驾蹇驴而无策兮，又何路之能极？以直针而为钓兮，又何鱼之能得？伯牙之绝弦兮，无钟子期而听之。和抱璞而泣血兮④，安得良工而剖之？

**【注释】**

①矩矱（jǔ yuē）：规矩法度。

②弧（hú）：弓。

118

③麂（zōu）蒸：麻秆。

④和：战国时期楚人卞和。


　　唐代诗人王勃写下"海内存知己，天涯若比邻"这样的千古名句时，心境当是磅礴宽广，气吞宇宙八荒。也难怪，王勃几乎和他的时代一样年轻蓬勃、无所畏惧。这是唯有唐人才有的胸怀。在此之前，如伯牙子期那样高山流水的知音之交，也要走向"子期死，伯牙绝弦"的悲伤结局；在此之后，世人便只一味慨叹"相识满天下，知己能几人""万两黄金容易得，知心一个也难求"，满怀伤感。

　　关于知音，还是孟浩然说得贴切，"知音世所稀"，正因其稀有难得，才值得世人如此渴盼珍视。早在《诗经》书写的时代，人们就吟唱着"知我者谓我心忧，不知我者谓我何求"，是殷殷寻觅知己之意，也是知晓无人懂得、无人可诉的清醒，于是只好让纸上墨字穿越茫茫岁月，走进能读懂它的人心底。隔代的知音也是知音，写一首诗，作一曲词，所有试图留下什么的举动，都是期盼着遥远时空背后的慰藉。

　　东方朔写《七谏》，也无非是想得到遥远的慰藉，因为当下，并无慰藉可言。他的君主，只把他当作一个滑稽的文人，仅供娱乐，就连司马迁为他作传，也把他列入《滑稽列传》；他的同僚，只会对他冷嘲热讽，说他"修先王之术，慕圣人之义，讽诵《诗》《书》、百家之言"，"自以为海内无双"，侍奉圣上数十年，却"官不过侍郎，位不过执戟"。

没有人欣赏他，没有人理解他，没有人读懂他怀才不遇的愤懑，没有人相信他有渴望一展抱负的雄心壮志。他终其一生，怀抱着贤士的心，却只能无所事事。

身在汉武帝治下的大汉盛世，东方朔几乎为自己感到哀怜了，他想，如何证明自己是一位身负才干的贤士？千里马若无伯乐，也不过草草埋没于劣马群中，潦倒终生，若无善于驾驭之人，最终也会挣脱缰绳离去。没有一个施展才干的舞台，谁知道他除了"博闻辩智"之外，还有政事之才？这就好比一张弓，从来都不曾拉满，又怎能知道它的射程有多远？若不遇灾难丛生的乱世，又怎知平日里默默无闻的贤良忠直之士会不顾惜生死？

于是他得出一个绝望的结论：他根本证明不了自己。即使向天地日月倾诉衷肠，向整个世界剖白自我，也不会换来丝毫回应。在这茫茫人世间，在漫长的人生路上，他竟一个知音也寻不着。

知音世所稀。当年姜太公用直钩钓鱼，等来了周文王的青睐和重用，在东方朔看来，今时今日，世间哪里还有文王？只有怀着满腔不遇之恨的人，独自一人在这太过寂寞的世间茫茫然来去。

心若莲花，绝不会沾染尘埃

# 我的未来，是一片混沌

## ——东方朔《初放》

平生于国兮，长于原野。言语讷涩兮，又无强辅。浅智褊能兮①，闻见又寡。数言便事兮，见怨门下。王不察其长利兮，卒见弃乎原野。伏念思过兮，无可改者。群众成朋兮，上浸以惑。巧佞在前兮，贤者灭息。尧舜圣已没兮，孰为忠直？高山崔巍兮，水流汤汤。死日将至兮，与麋鹿同坑。块兮鞠②，当道宿。举世皆然兮，余将谁告？斥逐鸿鹄兮，近习鸱枭。斩伐橘柚兮，列树苦桃。便娟之修竹兮③，寄生乎江潭。上葳蕤而防露兮④，下冷冷而来风⑤。孰知其不合兮，若竹柏之异心。往者不可及兮，来者不可待。悠悠苍天兮，莫我振理⑥。窃怨君之不寤兮，吾独死而后已。

**【注释】**

①褊（biǎn）能：能力有限。

②块：形容孤独。鞠（jū）：躺在地上。

③便（pián）娟：秀美。

④葳蕤（wēi ruí）：草木茂盛。

⑤泠泠（líng）：形容风很凉爽。
⑥振：解救。理：引申为区分、审辨。

陈子昂登幽州台，曾赋下千古绝句："前不见古人，后不见来者。念天地之悠悠，独怆然而涕下。"这种广大无垠的胸怀、豪情磅礴的气势，是初唐的雄壮气质使然，即使是那种独立于天地之间、前无古人后无来者的孤独感，也褪去了哀怨与自怜，只留下一派明健爽丽。

而东方朔写下《初放》，一抒心中茫茫哀伤，却无一丝唐人的豪放气魄，唯有彻骨的孤独，缓缓侵蚀全部心魂。

他的时代，是大汉天子野心勃勃、穷兵黩武的时代，随侍在天子身侧的他，原本也该染上一些雄壮豪迈的气度、激烈昂扬的气概，可惜那辉煌的战绩、强悍的军队、那赫赫功业，全都只属于帝王，与他无丝毫关系。他的时代，是泱泱中土天朝，国富民强，却并不如后来的唐朝那样，兼容四方文化，蓬勃自信，自由奔放，气象广大，雍容强盛。如果说大唐是正当作为的青年时期，那么大汉就还是敏感纤细的少年。这位少年虽然老成，却仍对痛苦、悲伤、忧愁有着极为敏锐的思绪。

悲哀的声音总是比欢快的调子更容易折人心肠，所以当东方朔在朝堂之上尽职尽责地做一名诙谐敏捷、滑稽多智的俳优弄臣时，他写下的辞赋却是哀婉伤情的，充满了怀才不遇的悲叹。他博学多才，精通兵法，关心政治，曾上陈富民强国之计，并不甘心一生皆以弄臣的身份立足朝堂，然而命运如此，没有转圜余地。如他在《初放》里写屈原"数言便事兮，见怨门下"，他自己何尝不是这样，只因陈述利国利民之策，便触怒权贵，遭人嫉恨。

他想象着屈原在流放途中"伏念思过"，反省自己究竟有何过错，以致见逐遭弃，反思的结果竟是"无可改者"，根本就没有什么好改正的地方。毫无过错的忠臣受到责难，这几乎是他们那个时代常会发生的悲剧，只因"尧舜圣已没"，理想的时代早已失却，此后的忠心贤良之士便只能孤独地跋涉在一条再无光亮的路上，思慕着永不可触及和重现的遥远往昔，追寻着永不能实现的空虚的理想。

"死日将至兮，与麋鹿同坑"当是东方朔对屈原心境最痛切的想象。他想象着屈原独自一人颓然倒在路上，想到自己死日将至，茫茫然看向过往，发现过去的一切，未曾留下丝毫痕迹，他只可追念、遥祭，不能再次抵达；而未来，是一片混沌，或许将来某一天，世间还会有如尧舜那样知人善任的明君诞生，但那已经不再重要了。

无论是屈原还是东方朔，他们都是站在自己不息转动的命轮里，站在一片前不见古人、后不见来者的荒原里，孤独自怜。隔着几百年的遥远时空，二人遭际何其相似，历史像是跟他们开了一个相同的玩笑之后，就转身而去，从此呼应不灵。

# 时运不济，九死而无悔

——东方朔《哀命》

　　哀时命之不合兮，伤楚国之多忧。内怀情之洁白兮，遭乱世而离尤。恶耿介之直行兮，世溷浊而不知。何君臣之相失兮，上沅湘而分离。测汨罗之湘水兮，知时固而不反。伤离散之交乱兮，遂侧身而既远。处玄舍之幽门兮，穴岩石而窟伏。从水蛟而为徒兮，与神龙乎休息。何山石之嶙岩兮，灵魂屈而偃蹇。含素水而蒙深兮，日眇眇而既远。哀形体之离解兮，神罔两而无舍。惟椒兰之不反兮，魂迷惑而不知路。愿无过之设行兮，虽灭没之自乐。痛楚国之流亡兮，哀灵修之过到。固时俗之溷浊兮，志瞀迷而不知路①。念私门之正匠兮，遂涉江而远去。念女嬃之婵媛兮，涕泣流乎于悒②。我决死而不生兮，虽重追吾何及③。戏疾濑之素水兮，望高山之蹇产。哀高丘之赤岸兮，遂没身而不反④。

**【注释】**

①瞀（mào）迷：郁闷迷惑。

②于悒：即呜咽。

③重（chóng）：再三。

④没（mò）身：自沉江流。

大凡将功名利禄视作粪土，并宣称自己不要浮名的白衣文士，大多对这"浮名"是爱之入骨的。如魏晋名士，蔑视礼法，离经叛道，行事任性癫狂，却恰恰是对礼法最维护的一群人，他们反抗和蔑视的，是歪曲了人性的、被权力僵化的礼法。

屈原恨君王听信谗言、昏聩不明时，也是出于爱。东方朔写下怀才不遇、愤世嫉俗的哀叹时，何尝不是因为他对仕途、天下有太多的爱和抱负。

这种爱既是以天下为己任的责任感，也是青史留名的渴望，却不是贪婪，不是对虚名厚利的欲求。其实，他们也不得不爱，专权统治的社会给读书人预备了不二之路：学而优则仕。这让许多学识渊博、才华横溢的人生出了错觉，以为自己比别人更有指点江山的资格。事实却是，并非每一个有文才的人都有封侯拜将、治国安邦的才能，有的人，确实只适合读书，将文才演绎得惊天动地，脍炙人口；还有的人，只可治学、育人授才，只适合生长在古老素朴的文字里，思索天地人生的大道理。

屈原也好，东方朔也好，他们将偌大的天下装入一己之心，并为此折磨自己，甚至为此付出生命的代价。可是，并没有人能够许诺他们一个以才华济世、助天下万民安居乐业的美好未来。

屈原在朝堂之上，努力为国为民谋求福祉，遭流放之时，仍是万般渴望重回朝堂，为了完成他一生的理想，不撞南墙不回头，九死而无悔。而东方朔在以滑稽逗乐为生的同时，仍然努力"观察颜色，直言切谏"，始终将天下政事放在心上，最终在郁郁不得志的时候哀叹"时命之不合"。

知其不可而为之，结局自然是时命难合。这本就不是一个属于他的世界，不是他想象中的理想时代，他却偏要朝那不切实际的理想迈步，其中障碍可想而知。内心的高洁忠贞之志，并不能成为摈退黑暗现实的坚盾，忠诚正直的气质，也不能够洗净这世道的混浊。深爱国家、君王的人，只能"痛楚国之流亡兮，哀灵修之过到"，国将不国，君王昏聩，早已积重难返，仅凭一己之力，根本无法扭转，除了感到痛惜、悲哀之外，他束手无策。

后来，东方朔并未如他笔下的屈原一般，"决死而不生"——充满哀痛地最后看一眼他心爱的楚地江山，投身汨罗从此永远离去，东方朔只是一面叹息着时命不合，并清醒地知晓时与命的难以更改，一面黯然离开朝堂，隐居终生。

# 沧浪之水，入世和出世

——屈原《渔父》

　　屈原既放，游于江潭。行吟泽畔，颜色憔悴，形容枯槁。渔父见而问之曰①："子非三闾大夫欤？何故至于斯？"屈原曰："举世皆浊我独清，众人皆醉我独醒，是以见放。"渔父曰："圣人不凝滞于物，而能与世推移。世人皆浊，何不淈其泥而扬其波②？众人皆醉，何不铺其糟而歠其醨③？何故深思高举，自令放为？"屈原曰："吾闻之：新沐者必弹冠，新浴者必振衣。安能以身之察察，受物之汶汶者乎④？宁赴湘流，葬于江鱼之腹中。安能以皓皓之白，而蒙世俗之尘埃乎？"渔父莞尔而笑，鼓枻而去⑤。

　　歌曰："沧浪之水清兮，可以濯吾缨⑥；沧浪之水浊兮，可以濯吾足。"遂去，不复与言。

【注释】

①渔父（fǔ）：打鱼的老人。

②淈（gǔ）：搅混，扰乱。

③餔（bū）其糟：本义指吃酒糟，喻指屈志从俗，随波逐流。歠（chuò）其酾（lí）：
本义指饮薄酒，比喻随波逐流，从俗浮沉。
④汶汶（mén）：玷辱的样子。
⑤鼓枻（yì）：划桨泛舟。
⑥濯（zhuó）：洗涤。

　　"颜色憔悴，形容枯槁"，屈原如此形容被放逐后久不得归的
自己，实在再贴切不过。读这句诗，仿佛那个茕茕独行于江潭泽畔
的佝偻消瘦的诗人身影，就浮现于眼前，那样清晰毕现。司马迁写
《史记·屈原列传》时，也心仪此句，原封不动将这八字挪用于文中，
以此描绘失落了理想之后的屈原心力交瘁的末路情状。

　　一日，心事重重"游于江潭"的屈原在水边与一渔父相遇，渔
父问他："何故至于斯？"你原本意气风发，青云直上，官至三闾
大夫，辅佐怀王雷厉风行改革朝政，一心为国富民强而努力，为抵
挡西秦虎狼之国的野心而奋争，如今，何至于如此憔悴、落寞？

　　屈原答："举世皆浊我独清，众人皆醉我独醒。"这是一个污
浊的俗世，世人皆随波逐流，从众流俗，唯有我清白如日月，洁身
自好，宁折不弯；这也是一个混沌的世界，黑白颠倒，是非不明，
世人都醉了，糊涂了，唯有我清醒如初，将这世界看得太过通透，
所以总是满怀忧伤，满心痛苦。

　　只因与众不同，不苟合，不妥协，才落得这般地步，听起来很荒谬，
却是真真切切的事实。渔父于是道："圣人不凝滞于物，而能与世
推移。"时世总是不断变化的，圣人深谙此理，故能随时而变、随
势而变，不受外界事物的束缚。倘若"世人皆浊"，你何不搅浑泥水，

扬起浊波？若是"众人皆醉"，何妨大吃酒糟，痛饮美酒？何必思虑深远，自命清高，以致让自己落了个被放逐的下场？

渔父这番话，当是道家"和其光，同其尘"思想的精髓，后世的文人士子，若在现实的宦海仕途里遭遇了挫败，便会不约而同地向往渔父的生命境界。张志和《渔歌子》有"青箬笠，绿蓑衣，斜风细雨不须归"的意境，柳宗元《渔翁》有"欸乃一声山水绿"的情趣，苏轼《渔父（四首）》有"酒醒还醉醉还醒，一笑人间今古"的豪放，李煜《渔父（二首）》亦有"花满渚，酒满瓯，万顷波中得自由"的洒脱。

"沧浪之水清兮，可以濯吾缨；沧浪之水浊兮，可以濯吾足"，在渔父看来，这世间有清便有浊，有善便有恶，执着于清浊之分、善恶之辨，大可不必。可是，知晓自己是因清白而获罪，却不愿假装随俗；明白自己是因太清醒，看不开、放不下才如此悲伤痛苦，却不愿置身于混沌的人群里装得糊涂一些，这才是屈原。

屈原和渔父其实代表了人生的两面和两种不同的选择，一种是儒家坚持理想、宁肯舍生而取义的人生哲学，另一种是老庄超脱世俗、吟啸烟霞的处世态度。很难说哪一种选择更好，中国的士子往往两面兼具，时命相合时便入世匡世，齐家治国平天下，时命难合时便出世避世，求得自身精神的超脱和圆满。

# 无私的品性，堪与天地相较

## ——屈原《橘颂》

后皇嘉树，橘徕服兮。受命不迁，生南国兮。深固难徙，更壹志兮。绿叶素荣，纷其可喜兮。曾枝剡棘①，圆果抟兮②。青黄杂糅，文章烂兮。精色内白，类可任兮。纷缊宜修③，姱而不丑兮。

嗟尔幼志，有以异兮。独立不迁，岂不可喜兮？深固难徙，廓其无求兮。苏世独立，横而不流兮。闭心自慎，终不失过兮。秉德无私，参天地兮。愿岁并谢，与长友兮。淑离不淫，梗其有理兮。年岁虽少，可师长兮。行比伯夷，置以为像兮。

【注释】

①曾：层层叠叠。剡（yǎn）：尖，锐利。

②抟（tuán）：圆。

③纷缊（yūn）：纷繁茂盛。

春秋时期，齐国晏婴出使楚国，楚王有意刁难，吩咐左右于酒宴中缚一名齐国犯人上前，并问晏子："齐人善盗者乎？"晏子以一句"橘生淮南则为橘，橘生淮北则为枳"作答，巧妙避开机锋。橘的习性很奇怪，只有生在南国，才能结出甘美果实，若生在北国，长出的果实便会又苦又涩，晏子说，之所以如此，是因南北水土不同，齐人在齐国的土地上并不行偷窃之举，如今到了楚国便犯盗窃之罪，莫非是楚国水土使民善盗？

一轮外交上的高手过招，以晏婴的大获全胜而告终，楚王存心辱人，反而自取其辱。屈原或许也听说过这段轶事，但他写《橘颂》，却并不打算替前代楚王讨回面子，而纯粹只为赞美、颂扬这种只肯生长于南国、只肯于南国释放出最美生命精华的植物。

《汉书》曰："江陵千树橘。"江畔丘陵平原之上，黄澄澄的圆润果实挂满千树万树的景象，不知是怎样的缤纷绚丽。天地孕育的橘树，生来就只适应这方水土，"受命不迁，生南国兮"，当屈原看着这种叶儿碧绿、花儿素洁的植物，体味着它永不迁徙的使命，永远生长于南国的习性时，心中定是生出了惺惺相惜之意。它的专一、坚毅、矢志不渝，难道不是屈原对君王的耿耿忠心，难道不是屈原历经打击、屈辱之后仍然不改初衷的高尚节操的写照？

看那橘树，层层枝叶间虽然长着尖刺，却是为了防范外来的侵害，而它献给世人的，却是如此圆美的果实。看那橘实，外表鲜丽，内瓤纯洁，气韵芬芳，风姿盈盛，好比身担重任的君子，没有一点瑕疵。

那一棵棵根深蒂固生长于南国大地的橘树，胸襟开阔，无所欲求，卓然立于人间浊世，志节充盈，决不俯从俗流，坚守自心，摒除外物干扰，无私的品性堪与天地相较。在众芳凋谢的岁暮，它依然披着一身苍翠，在严寒中傲立，真有一种遗世独立的美丽。所以屈原道："与长友兮"，"可师长兮"，"置以为像兮"。愿与它长久相伴，永远为友，愿将它当作自己最钦佩的师长，愿永远将它当作立身的榜样。

屈原句句颂橘，实则如同临水自照，处处赞美的皆是和自己一样有着高洁操守、不与世俗同流的志士仁人。"嗟尔幼志，有以异兮"，惊叹橘树自小立志便迥异于其他植物，亦是赞美自己从幼年起便有伟大志向，且至今不改此志。而在橘树"独立不迁"的可喜品质中，屈原是临水照花人，从中照见的恐怕也是自己不因时俗迁移而改变的巍然独立的节操。如此借物抒志，以物写人，竟至物我难分，彼此互映，无怪乎后人将屈原称为"咏物之祖"。

# 遍游四方，只为等盛世

## ——贾谊《惜誓》节选

　　黄鹄后时而寄处兮，鸱枭群而制之。神龙失水而陆居兮，为蝼蚁之所裁。夫黄鹄神龙犹如此兮，况贤者之逢乱世哉！寿冉冉而日衰兮，固儃回而不息<sup>①</sup>。俗流从而不止兮，众枉聚而矫直。或偷合而苟进兮，或隐居而深藏。苦称量之不审兮，同权概而就衡。或推迻而苟容兮<sup>②</sup>，或直言之谔谔<sup>③</sup>。伤诚是之不察兮，并纫茅丝以为索。方世俗之幽昏兮，眩白黑之美恶。放山渊之龟玉兮，相与贵夫砾石。梅伯数谏而至醢兮，来革顺志而用国。悲仁人之尽节兮，反为小人之所贼。比干忠谏而剖心兮，箕子被发而佯狂。水背流而源竭兮，木去根而不长。非重躯以虑难兮，惜伤身之无功。

　　已矣哉！独不见夫鸾凤之高翔兮，乃集大皇之壄。循四极而回周兮，见盛德而后下。彼圣人之神德兮，远浊世而自藏。使麒麟可得羁而系兮，又何以异乎犬羊？

①儃（chán）回：运转。

②推迻（yí）：与世推移，随波逐流。

③谔谔（è）：形容直言的样子。

鸿鹄振翅而起时，可高飞至云霄，尘世之污浊，纤尘不染，可是，它若错过了高飞的时机，栖息于山林，便再无平日英姿，只能被恶鸟群起攻之，毫无还手之力。神龙在浩瀚的江河湖海中遨游时，一昂首，可使风动云涌，一摆尾，可叫天地变色，然而它一旦离开水底上岸，就会受制于微不足道的蝼蚁。

鸿鹄神龙尚且如此，何况贤者遭逢乱世？贤臣若生在治世，国泰民安，明君在上，政事清明，自当平平安安为国为民鞠躬尽瘁；但若生在以直为枉、以枉为直的乱世，便好比鸿鹄沦落山林，遭群小攻讦，亦如神龙失陷陆地，为蝼蚁之辈辖制，不仅志不得伸，清白遭污，连身家性命都会受到威胁。

只因乱世之中，君王不辨是非，不明忠奸，有人进谗献媚贪图富贵，同流合污苟且偷生，有人隐居深山避世不出，有人直言不讳敢于谏净，昏聩的君王却将几类人混为一谈，以同一种标准来衡量，既不能体察忠诚，也不能够明辨奸恶，分不清忠言和谗言孰轻孰重。

当贾谊为屈原吟出这番痛惜之言时，他自己恐怕也正身处难堪的境遇里，哀叹自伤。当年他以二十出头的年纪得到汉文帝赏识，被征召为博士，不久便升为太中大夫，仕途一片大好，谁知为同僚排挤，遭贬为长沙王太傅。他的贬谪地，恰是屈原的故土。

想那商纣暴虐，曾将梅伯剁成肉酱，也曾挖出比干的心脏，更逼得叔父箕子披发佯狂以避祸，无论贤人忠士如何奔走努力，也敌不过巨大的恶的浊流，最终都会被奸邪小人所害。再看当今的朝堂之中，标榜自己身价百倍的仍然是一些粗劣的顽石，而如美玉良石一般的贤臣，仍然无立足之地。

他们像神龟美玉一样被抛弃在名山大川，哀伤地看着时光从指缝流走，匆匆而过，从不停息，看着自己在这迅疾的流逝中逐渐苍老，如日薄西山，踏进生命的黄昏，却仍然功业未建，一事无成百不堪。更难堪的是，他们胸怀匡时济世的雄心，最终却只能看着原本可以得救的家国，一步步走向衰落和毁灭。这或许才是最痛心之事，他们随同时代一起凋亡，面对生命的苍老和历史的沧桑，一样有心无力。

不如放下世俗的一切，远走高飞，超脱这无尽的烦恼。难道你没看见身为百鸟之王的凤凰正高飞而去，远远聚集在大荒之中？它们会高高翱翔于天际，遍游天地四方，等待盛世到来，方才降临于世。好比有德行的圣人，皆"远浊世而自藏"，只因浊世里唯有束缚，唯有伤害，他们只能全身远害，静待时势。

正因为远离浊世，凤凰才被称为神鸟，麒麟才可称神兽，贤者才称得上圣人。若神鸟凤凰放弃无边无际的宇宙天际，在尘埃中低伏，那与鸡鸭有何区别？若神兽麒麟不是出入神山之间、圣水之畔，飘忽行踪，而是于俗世被拘系，那与犬羊有何区别？若贤者深陷于世俗的泥沼，随波逐流，无法坚持自我的理想、保持操守的清白，那与小人又有何异？

# 求而不得，有谁能懂我

## ——王逸《疾世》节选

　　周徘徊兮汉渚，求水神兮灵女。嗟此国兮无良，媒女诎兮谦娄①。鸴雀列兮讙讙②，鸲鹆鸣兮聒余③。抱昭华兮宝璋，欲衒鬻兮莫取④。言旋迈兮北徂，叫我友兮配耦⑤。日阴曀兮未光，阒眽窕兮靡睹⑥。

**【注释】**

①诎（qū）：言语迟钝。谦娄（lián lóu）：委屈繁杂，絮语不清。

②鸴（yàn）雀：小鸟名。讙讙（huá huān）：喧哗。

③鸲鹆（qú yù）：鸟名，俗称八哥。聒（guō）：吵闹。

④衒鬻（xuàn yù）：叫卖。

⑤配耦（ǒu）：即配偶，这里指朋友知己。

⑥阒（qù）：寂静。眽窕（xiāo tiǎo）：昏暗。

　　"南有乔木，不可休思。汉有游女，不可求思。"《诗经·周南·汉广》讲述了一个求而不得的故事：南方有高大的乔木，不能够在它下面歇息；汉水边有心仪的女子，可惜不能追求。故事中的樵夫对汉水边行踪缥缈的神女满怀炽热的爱恋，却只能用静默无声的姿态，将汹涌不息的深爱化作平静无波的心湖。

隔着一条并不浩荡的江水，可见而不可得，如同隔着爱情世界里最遥远的距离。这距离或许是身份的鸿沟，不可逾越；或许是种种现实的牵绊，无从挣脱；或许是因人神两隔，神女又太过缥缈无踪，凭区区人力，自然无法触及。

汉水神女自此几乎成为一种象征，她化身为人心底最渴盼却永不能企及的理想，立于汉水之畔，隔着迷离的水雾，窈窕倩丽的身影若隐若现，叫人永远看不分明，却也永远断绝不了内心的痴惘。

屈原流放之际，也曾周游彷徨于汉水泽畔，渴望与那可望而不可即的女神相遇。实际上，屈原哪里真是想要追求女神，他真正想要追求的，是美政的理想，是清明干净的现实，是君臣之间心无芥蒂，是家国的繁荣兴盛，是万民的安康乐业，是他倾其一生、耗尽心血想要实现的梦。

可是，举国上下贤良之人凤毛麟角，就算想要托谁传达心志，也难以传递。媒人的口才是这样笨拙，周围的环境是这样嘈杂，小人群聚，喧哗吵闹，奸臣齐鸣，扰乱视听，就算他的心志可昭日月，又有谁会看见，又有谁肯来了解？他的怀里分明抱着美玉，想要出售，却无人问津，这就是摆在眼前的无奈现实。

王逸用"疾世"二字，是为表达"痛恨世道人情"之意。想来屈原面对眼前无可更改的现实，也唯有痛恨。痛恨之后，便是转身。转身不是眼不见为净，不是逃避，"言旋迈兮北徂，叫我友兮配耦"，转身远去向北行进，是为了呼唤志同道合之人。

只是，在日色昏暗不见光亮之际，当世间已如山谷一般幽深，真相被遮蔽，无法看清，一个人的光芒，要如何照亮这世事茫茫的黑暗？倘若有人懂得他，有人肯与他携手同行，这份懂得和陪伴至少还能穿透他心灵的绝望和阴暗。可惜谁也不在他身边，整个世界，就只有他的独徘徊与空追索。

# 昏昏尘世，孤独地行走

——王褒《昭世》

世溷兮冥昏，违君兮归真。乘龙兮偃蹇，高回翔兮上臻。袭英衣兮缇纻①，披华裳兮芳芬。登羊角兮扶舆，浮云漠兮自娱。握神精兮雍容，与神人兮相胥。流星坠兮成雨，进瞵盼兮上丘墟②。览旧邦兮滃郁，余安能兮久居。志怀逝兮心悢悷③，纡余辔兮踌躇。闻素女兮微歌，听王后兮吹竽。魂凄怆兮感哀，肠回回兮盘纡。抚余佩兮缤纷，高太息兮自怜。使祝融兮先行，令昭明兮开门。驰六蛟兮上征，竦余驾兮入冥。

历九州兮索合，谁可与兮终生？忽反顾兮西圃，睹轸丘兮崎倾④。横垂涕兮泫流，悲余后兮失灵。

---

**【注释】**

①缇纻（tí qiè）：橘红色的衣服。

②进瞵（lín）盼：凝视。

③怀：想，想要。悢（liú）悷：忧愁。

④轸（zhěn）丘：高大险峻的山。崎倾：形容山势险峻。

王褒一生短暂，只在汉宣帝身边任过文学侍从，还未有什么作为就病逝了。而他染病的缘由，竟是因宣帝听信方士之言，命他去益州祭祀传闻中的"金马碧鸡之宝"。就是在赴益州途中，他染上时疾，未得医治而亡。

他的人生，只来得及当一个不大的官，写下几篇辞赋，便因一件与才华、与能力毫无关系的事而结束了，如此荒谬的生命终结方式，于一个满腹才学的人而言，着实不值。汉宣帝并非昏君，他在位期间，正是汉朝武力最强盛、经济最繁荣的时期，可是这并不能减轻王褒仕途上多艰难的苦闷心情：都是怀才不遇，若遇上昏君，尚能将一切过错都推到君主头上；若是明君在上，仍然不得重用，那种郁郁的心境，大概会比前者更加浓重。

在郁郁寡欢的境遇里，王褒或许唯有在忆起屈原，忆起那个至今仍飘荡在楚地上空的清白高洁的魂灵时，才能得到些许安慰。

他设想屈原"乘龙兮偃蹇，高回翔兮上臻"，乘坐神龙蜿蜒而上，高高回旋抵达九天，穿上鲜妍美丽的红色丝袍，披着华美衣裳芳香袭人，就这样飘浮在银河之上，看流星陨落如雨，心中却满是"凄怆"和"自怜"。这一场远游，如同屈原想象过千万遍的远游一样，起初是因世途混沌，环境险恶，才想要离开君王，寻找本真，而一旦抵达了自由的天幕，终究还是因云气之下的故国而悲愁满怀，涕泪交加，最后重回人间，回到那被诅咒了无数次的命运里，继续挣扎。

"历九州兮索合，谁可与兮终生？"走遍天下九州，本是为寻找志同道合之人，可是谁又能与他结伴终生，看着同一个方向，向往着同一个理想？他太高洁，太孤绝，以至于现实中的一切于他都是玷污，以至于没有任何人能够与他比肩。

深味生命的悲喜和甘苦、人生抉择的自由和桎梏，并在蒙受悲喜甘苦，受制于自由与桎梏，穿越漫漫时光之后，仍然坚持自我，未曾有丝毫改变，除了屈原，世间还有几人可以做到？他一直有挣扎，也一直承受着自我的折磨，却从不曾改变初衷，窒息他自由的心灵，弯折他硬直的脊背。当别人感叹自己在时光中逐渐蒙尘，感叹世途已是怎样的晦暗不堪时，他却仍旧托着他清澈透亮的心，不疾不徐地行走于这个太过孤独的尘世。

# 心如日月，照耀着天空

## ——刘向《远游》节选

　　悲余性之不可改兮，屡惩艾而不迻[①]。服觉皓以殊俗兮[②]，貌揭揭以巍巍。譬若王侨之乘云兮，载赤霄而凌太清。欲与天地参寿兮，与日月而比荣。登崑苍而北首兮，悉灵圉而来谒[③]。选鬼神于太阴兮，登阊阖于玄阙。回朕车俾西引兮[④]，褰虹旗于玉门[⑤]。驰六龙于三危兮，朝西灵于九滨。结余轸于西山兮[⑥]，横飞谷以南征。绝都广以直指兮，历祝融于朱冥。枉玉衡于炎火兮，委两馆于咸唐。贯颎濛以东竭兮[⑦]，维六龙于扶桑。

【注释】

①惩艾（yì）：惩治。迻：同"移"，变易。

②觉：明。皓（hào）：明。

③灵圉（yǔ）：神仙的名号。

④俾（bǐ）：使。

⑤褰（qiān）：提起，举起。

⑥结：屈曲。轸（zhěn）：引申指车子。

⑦顼濛（hòng méng）：混沌之气。碣（qiè）：离去。

　　宋玉《神女赋》形容神女之美："其始来也，耀乎若白日初出照屋梁；其少进也，皎若明月舒其光。"曹植的《洛神赋》写洛神，亦形容其"仿佛兮若轻云之蔽月""皎若太阳升朝霞"，都是将翩若惊鸿的女子比拟日月生辉。

　　女子青春华颜绽放的鲜妍美好，也唯有清晨初升的旭日，晚间刚起的新月堪作比拟，其超凡脱俗、光耀万物的美，令人怦然心动，欣喜若狂。

　　屈原常以女子自比，其实是将自己的清白心志比作女子之美。女子的美既可与日月争辉，他的心志自然也可比日月，如此耀眼皎白，令万物相形见绌，却也以它温暖、柔美的光芒用心滋养着万物。

　　"欲与天地参寿兮，与日月而比荣"，此番慷慨心志，当是先秦时代生于辽阔楚地的人特有的浪漫与大气。彼时，先人眼中的天与地，日与月，并非今人所认为的自然现象，而是神灵所诞，阴阳交合所生，蕴含着无与伦比的灵性。那时的先民们，虽深切地知晓自己在自然界面前的渺小和无助，却也有着后人不再具备的巨大勇气，敢与天地日月对话、并肩。

　　刘向的这篇《远游》，开篇便道："悲余性之不可改兮，屡惩艾而不迻"，悲叹本性无法改变，虽屡受惩创，心志却仍未有分毫变易——如此个性张扬、坚韧不移的人，已足以单独鼎立于天地之间，足以与日月的光辉相较。

因欲与天地一样长寿，要与日月一样光耀四方，所以想要仿效仙人王侨腾云驾雾，乘坐红云飞升至空中。想象中的自己，几乎无所不能：登上昆仑山面朝北方，引来众多仙人拜望，从极盛的阴气中选出鬼神，随同自己一起登天门，入天宫，继而又掉转车头，举起虹旗，向西方的玉门山行进，一时驾着六龙车在三危山上奔驰，一时在九曲水滨召集西方神灵，一时横渡飞泉谷向南前行，穿越都广山，来到南方祝融神的领地，一时到了炎火山和咸池，穿越混沌之气离开东方，将六条神龙拴在扶桑树旁。

生命的状态这般自由、洒脱，天地日月也不过如此。当一个人心怀宇宙、胸怀天下时，无论他的境遇有多狼狈，前途有多晦暗，其心志亦堪比日月星辰，恒久耀目于历史的晴空之上。

## 信心十足，却壮志难酬

——王逸《守志》节选

扬彗光兮为旗，秉电策兮为鞭。朝晨发兮鄢郢，食时至兮增泉。绕曲阿兮北次，造我车兮南端。谒玄黄兮纳贽①，崇忠贞兮弥坚。历九宫兮遍观，睹秘藏兮宝珍。就傅说兮骑龙②，与织女兮合婚。举天毕兮掩邪③，彀天弧兮躲奸④。随真人兮翱翔，食元气兮长存。望太微兮穆穆，睨三阶兮炳分。相辅政兮成化，建烈业兮垂勋。目瞥瞥兮西没，道遐迥兮阻叹。志稸积兮未通，怅敞罔兮自怜。

乱曰：天庭明兮云霓藏，三光朗兮镜万方。斥蜥蜴兮进龟龙，策谋从兮翼机衡。配稷契兮恢唐功，嗟英俊兮未为双。

**【注释】**

①玄黄：天地之神。纳贽（zhì）：初次拜见长者时馈赠礼物。

②傅说（yuè）：殷王武丁贤相，传说死后为辰宿。

③天毕：即天毕星。

④彀（gòu）：拉满弓弩。天弧：星名。

屈原一生，从前半生的顺遂到后半生的坎坷，从位列三闾大夫至放逐江南，一直到他目睹楚国城破国亡，最终投水汨罗，他都坚持着自己最初的心志，始终不肯随众从俗，而他美政的理想，为国尽心、为民尽力的心愿，也自始至终都不曾实现。

　　既然坚守志向的结果不过是自我的毁灭，那么"守志"的意义何在？写过《楚辞章句》的王逸，对屈原其人、其事、其心，可谓熟悉入骨，用"守志"二字，当是为了得出一个他思索了终生的深刻答案：守志的目的和意义，其实就是它自身。

　　自他的身体淹没于滔滔江水的那一刻起，自他的生命消亡在那条永恒东去的逝水中开始，他的未来便再无任何可能。时光湮灭一切，死亡抹去一切，然而历史留住了他撕心裂肺的呼喊，文学留住了他华美璀璨的词句，后人心底留下了他的清白节操、美好品质，以及再也来不及实现的美好理想。在屈原的时代过去之后，仍有许多人效仿他，写下抑扬顿挫、铺张扬厉的楚辞，仍有许多人祭奠他、追随他，继续为那个未曾成真的理想而努力，甚至不惜如他一般付出生命的代价。

　　这个理想是如此简单，不过就是消灭奸邪，整治佞人，继而"相辅政兮成化，建烈业兮垂勋"，辅佐君王育化万民，立下显赫功业和不朽功勋，可是它是如此艰难，叫人看不到一点希望。

　　这理想其实还是天真的，纵观整个历史，所谓的盛衰兴亡、治世乱世，不过就是正邪力量之间的较量，此消则彼长，此强则彼弱。就像王逸笔下屈原这样的人，或许永远不会消亡，而戕害了他的小人，未来也不可能灭绝。

现实充满了悖论和矛盾，那些荒谬的现象如牢笼，如高墙，坚不可摧，挡住那些脆弱的良善、敏感的操守。所以坚持自我的屈原只能假想自己扬起彗星之光做旗帜，拿着闪电之鞭策马前行，雷厉风行，杀伐决断，高举恢恢天网消灭奸邪，拉满天弓射死小人。期待用天真的理想，洞穿那坚不可摧的现实，只因除此之外，他的理想，他的才华，并无用武之地。

他甚至设想天庭之上，政事清明，卑鄙的蜥蜴被斥退，忠贞贤德的龟龙受到重用，他们帮助天帝出谋划策，定国安邦，才智可与唐尧时期的贤臣稷契相比，当世的英雄贤人，无人可以与之匹敌。

而现实却是"目眇眇兮西没，道遐迥兮阻叹"，太阳西沉，夕阳无限好，只是近黄昏，时日已不多，前方道路却太过遥远，阻隔深重。人生刚刚启程时，尚是满怀壮志，信心满满，如今却壮志难酬，怅惘失意，自叹自怜。

生存不易，愿世界温柔对你

# 不必假装，学不会圆融

——王逸《哀岁》

　　旻天兮清凉①，玄气兮高朗。北风兮潦洌，草木兮苍唐。蝉蚗兮噍噍②，蜩蛆兮穰穰③。岁忽忽兮惟暮，余感时兮凄怆。伤俗兮泥浊，曚蔽兮不章。宝彼兮沙砾，捐此兮夜光。椒瑛兮涅污，菜耳兮充房④。摄衣兮缓带，操我兮墨阳。升车兮命仆，将驰兮四荒。下堂兮见虿⑤，出门兮触蜂。巷有兮蚰蜒⑥，邑多兮螳螂。睹斯兮嫉贼，心为兮切伤。

　　俛念兮子胥⑦，仰怜兮比干。投剑兮脱冕，龙屈兮蜿蟮⑧。潜藏兮山泽，匍匐兮丛攒。窥见兮溪涧，流水兮沄沄。鼋鼍兮欣欣⑨，鳣鲇兮延延。群行兮上下，骈罗兮列陈。自恨兮无友，特处兮茕茕。冬夜兮陶陶，雨雪兮冥冥。神光兮颍颍⑩，鬼火兮荧荧。修德兮困控，愁不聊兮遑生。忧纡兮郁郁，恶所兮写情。

【注释】

①旻（mín）天：秋天。

150

②蚴蟧（yī jué）：蝉的一种。嘒嘒（jiào）：鸟鸣声。

③蝍蛆（jí jū）：一说蜈蚣。穰穰（rǎng）：众多。

④葈（xǐ）耳：即苍耳。这里比喻奸佞小人。

⑤虿（chài）：蝎子一类的毒虫。

⑥蚰蜒（yóu yán）：虫名，生活在阴湿的地方。

⑦俛（fǔ）：同"俯"。低头。

⑧蜿蟤（zhuān）：屈曲的样子。

⑨鼋（yuán）：鳖。鼍（tuó）：鳄鱼的一种。

⑩颎颎（jiǒng）：同"炯炯"，光明的样子。


　　骚人词客，往往少时为赋新词强说愁，有了风霜，笔下就有了沧桑和愤郁；有了爱情，文字里就溢出了甜美与哀愁。到老了，便圆融了一切，平和了一切，因而不再动辄高歌，只是浅吟低唱，将此生的悲欢离合化成清澈的水，将人生的严冬穿越成春暖花开。

　　屈原却不是如此。他从未圆融平和过，也从未粉饰过生命，人生的严冬就是严冬，不必春暖花开，不必假装得到宽慰。直到生命最后，他都保持着斗士的心态，时刻准备着与这个丑恶的世界开战。他的投水之举，亦是甩给这世界的一记耳光：你自去揽着你的黑暗和混乱赴一条死路，我也拥着我永不妥协的振兴家国的梦想赴一条死路，谁也不知道哪一条路更好走。

　　而历史证明了，前一条路不过重复着兴亡盛衰，此起彼伏地在时间的长河里掀起一些水花，继而湮灭；后一条路却走出了璀璨的光彩，让一个铮铮傲骨的诗人在时光的打磨下成了珍宝，此后千万世都未曾褪色。

至少，在王逸的时代，屈原确是披着满身光芒，屹立于所有志士忠良的心目之中。这首《哀岁》，当是王逸为屈原暮年吟唱的哀歌。他设想屈原独自一人在流放地度过漫长时日，必是见春日伤感，见秋日悲愁，季候的任何变化都能牵扯出他心中的愁思。北风萧萧，草木凋萎之际，最易令他感受到人生寒冬的煎熬。他看到眼前的世界一片混乱，人心不辨黑白，沙子碎石成了珍宝，夜明宝珠却被随意丢弃，香木美玉掉在污泥里，浑身是刺的苍耳却充满房室。待他整理衣冠，手持宝剑，打算避开丑陋现实，驾车驰往荒原之地，出门却遇毒蝎、毒蜂，举目四顾，巷子里爬满蚰蜒，城里布满螳螂。

此情此景，让他愤而掷剑在地，将头上冠冕摔下，无限凄苦地怀想起当年含冤而死的伍子胥、比干。流放生涯无疑是他生命里最寒冷的季节，冬夜雨雪纷飞，昏暗幽冥，这样漫长难熬，而他只有孤苦伶仃的一个人，身边没有知己，遥远的地方无人挂念。

自流放以来，屈原始终就这样悲苦地过着眼前的人生，他之所以没有崩溃，是因为还怀着微小的希望，希望人生的出路就在下一个路口。可是，时间不曾等他寻觅到希望之光，便让他在同一种境遇和心境的重复中走到了绝望的尽头。他一直怀抱着"总有一天"式的理想，像个童话中的主人公，期盼奇迹的发生，现实却无声击碎他的梦愿。

对屈原来说，人生转角处，其实从未有过柳暗花明。而人生的严冬，也从来都是肃杀绝望，一经走入幽冥的黑暗，不会再有峰回路转。

# 梦醒时分，只期待来生

## ——屈原《惜往日》节选

惜往日之曾信兮，受命诏以昭时。奉先功以照下兮，明法度之嫌疑。国富强而法立兮，属贞臣而日娱①。秘密事之载心兮②，虽过失犹弗治。心纯庬而不泄兮③，遭谗人而嫉之。君含怒而待臣兮，不清澈其然否。蔽晦君之聪明兮，虚惑误又以欺。弗参验以考实兮，远迁臣而弗思。信谗谀之溷浊兮，盛气志而过之。何贞臣之无罪兮，被离谤而见尤。惭光景之诚信兮④，身幽隐而备之。

临沅湘之玄渊兮，遂自忍而沉流。卒没身而绝名兮，惜壅君之不昭⑤。君无度而弗察兮，使芳草为薮幽⑥。焉舒情而抽信兮，恬死亡而不聊。独鄣壅而蔽隐兮，使贞臣为无由。

## 【注释】

①属（zhǔ）：托付。娱（xī）：嬉戏。

②秘密：即"黾勉"，勤勉。

③庞（máng）：敦厚。不泄：出言谨慎。
④景：同"影"。
⑤壅（yōng）君：被蒙蔽的君主。
⑥薮（sǒu）幽：水泽幽暗的地方。


　　在《怀沙》中倾诉临死之殇以后，屈原终于写下了这首绝命词——《惜往日》。

　　这是他此生留下的绝笔。在生命的尽头，他回望自己漫长而多舛的一生，心中已没有恨，也不再有太多执着渴盼，唯有满怀的痛惜。"惜往日"三字，当可概括他下定决心赴江而亡时的心境。忆及往日，痛惜往日，因往日而感到哀伤，如此而已。

　　往日的岁月里，有他所有的骄傲。那时，君王有富国强国、励精图治之心，而他在君王身侧，"入则与王图议国事，以出号令；出则接遇宾客，应对诸侯，王甚任之"（司马迁《史记·屈原列传》），君臣一心，楚国上下生机勃勃，一切尚好，还尚未崩坏。

　　可惜好景不长，而这短暂如白驹过隙的好景，让屈原在此后的凄苦年岁里，隔着再也跨不过去的时间的沧海，止不住地怀念。彼时，他专心于国事，日夜辛劳，就算有了过失，君王也能宽容，并不治罪，可是到后来，君王听信小人谗言，不辨真假，竟将一无过错的忠臣远远放逐，往昔与今朝，怎堪比照？

　　过去已回不去，屈原却一遍又一遍地在回忆里重温。他身在放逐地，生命好比掉入幽深的枯井，伸出手去，也触不到只在过去闪耀的光。唯有头顶的日月，恒久明亮温暖，让所有人都蒙受光辉。命运乖蹇，将他所有的挣扎都逼向徒劳。他想，就这样吧，就这样走向沅湘，自沉江流，名声磨灭也无所谓，他只愿安静地死亡，与这个可笑又可憎的世界划下决然的界线，将昏庸的、再也无法接近的君王和他行将就木的国家都抛在身后，从此彼此再无挂碍，亦再无惊动。

世事一场大梦，人间几度秋凉。决心"恬死亡而不聊"的屈原，看到他深爱的家国已然倾塌，而楚地的山水依旧永恒。他站在这亘古的江流之畔，心中不知是否有了顿悟。或许，他也曾为自己许下良愿：此生，经历过太多悲欢，品尝过太多痛苦，到头来也不过将一个华彩的梦做至绝望，那便将一切悲喜是非寄托于来世，愿来生只做一个简简单单的人，行走于陌上，欣欣然看这世界，冰封解冻，春暖花开。

# 清醒太久，不妨醉一场

——刘向《远逝》节选

惜往事之不合兮，横汨罗而下沥。桀隆波而南渡兮，逐江湘之顺流。赴阳侯之潢洋兮，下石濑而登洲。陵魁堆以蔽视兮，云冥冥而暗前。山峻高以无垠兮，遂曾闳而迫身①。雪雱雱而薄木兮②，云霏霏而陨集。阜隘狭而幽险兮，石嵾嵯以翳日③。悲故乡而发忿兮，去余邦之弥久。背龙门而入河兮，登大坟而望夏首。横舟航而济湘兮，耳聊啾而恍慌④。波淫淫而周流兮，鸿溶溢而滔荡。路曼曼其无端兮，周容容而无识。引日月以指极兮，少须臾而释思。水波远以冥冥兮，眇不睹其东西。顺风波以南北兮，雾宵晦以纷纷。日杳杳以西颓兮，路长远而窘迫。欲酌醴以娱忧兮，蹇骚骚而不释。

【注释】

①曾闳（hóng）：高大。

②雪雱（fēn）：纷纷飘落的样子。

156

③岑嵯：同“参差”，不齐。翳（yì）：遮蔽。
④聊啾：耳鸣。

在源远流长的中国文化里，酒注定是绕不开的符号和情结。它们是诗仙李白绣口一吐，便是半个盛唐的底气，是竹林七贤清谈时必不可少的辅佐，是世人逃避难堪现实的一个去处，是迢迢流光里忘却人生苦短的理由。

酒像是万能灵药，可以解忧，可以浇心中块垒，可以醉里贪欢。得意时可尽欢，落魄时可一醉解千愁，豪情满怀时可借酒助兴，郁郁寡欢时也可借酒相忘。狂欢时有酒，快意才得持久；孤独时有酒，时光的残忍和绝望，才不至于无孔不入。

就连屈原，这个似乎与酒无缘的人，也在刘向笔下有了“欲酌醴以娱忧”的心愿。他一直都是清醒再清醒的，在一个举世皆浊、众人皆醉的世界里，知晓自己的位置，知晓自己要过一场怎样的无悔人生。可是一个人清醒太久了，精神会崩溃，尤其是在一个丑恶得令人绝望的世界里，在一场荒谬得叫人难堪的命运里，清醒更是毒药。

生命的悲伤，简直无可解说，他与国君政见不合，又无法迁就国君的错误看法，坚持不屈的代价便是流放。他沿着汨罗江随水流飘荡，穿过急流登上岛屿，在巍峨高山间徘徊，在险峻的峡谷间彷徨，看大雪年复一年，望乌云聚了又散，才知自己离开故国已经许多年。这一条道路漫长得没有尽头，他路过日月星辰，路过流水大漠，途经风浪、大雾，看到太阳已向晚，如他梦一般的人生，而这场梦就快要醒了。

那些已经失去的东西，已然不可挽回，那就不再去挽回，不如只去抓住眼下的时光，在生命的尽头放纵一把，将所有的愁情倾倒进酒樽之中，不再去理会尘世污浊。喝一杯酒，其实是喝下心结解药。浊酒一杯，足以抚慰坚强太久的心，足以容纳苟且退却、脆弱怯懦，浸润那些来不及化解和消融的生命的悲哀。

这个憔悴的行吟者和流浪者，或许是清醒了太久，到了此时，他忽然什么都不愿再想，只想沉入醉乡，今朝有酒今朝醉，明朝再管明朝事，且与天地山河对饮，饮了手中这一觞，穿透生命的悲伤。

# 生已无欢，余生路漫漫
## ——东方朔《怨世》节选

　　小人之居势兮，视忠正之何若？改前圣之法度兮，喜嗫嚅而妄作[1]。亲谗谀而疏贤圣兮，讼谓闾娵为丑恶[2]。愉近习而蔽远兮，孰知察其黑白？卒不得效其心容兮，安眇眇而无所归薄。专精爽以自明兮，晦冥冥而壅蔽。年既已过太半兮，然埳坷而留滞[3]。欲高飞而远集兮，恐离罔而灭败。独冤抑而无极兮，伤精神而寿夭。皇天既不纯命兮，余生终无所依。愿自沉于江流兮，绝横流而径逝。宁为江海之泥涂兮，安能久见此浊世？

【注释】

①嗫嚅（niè rú）：吞吞吐吐。

②讼：喧哗。闾娵（jū）：古代美女名。

③埳（kǎn）坷：即"坎坷"，不顺利。

　　屈原自遭逐以来，人生便再也没有欢乐可言。他的容颜里常含

159

悲苦，眼神里总有忧愁，心中装满了愤恨，灵魂里布满孤独。只因这个世界太过强横，不肯倾听一个落魄之人的苦楚，还因为他无法以一己之力挽救国运和自己的命运，那些他曾为之付出一切的人事，此后与他再无干系，他忧心如焚，却不能伸出手去做些什么。

欲离开，又怕触犯法律，想保全性命，又实在忍受不了这混乱不堪、丑恶不堪的世道；欲抛弃家国，心有不忍，想留下，又不知前路该如何走下去；欲放下一切，心中却唯有悲苦。想要解脱这悲苦，却又担心自己除了这份苦，一无所有——屈原心中种种复杂心绪，东方朔竟能信手拈来，可见他自己也尝过这种左右为难、进退维谷的滋味。

最后，屈原也只能默然走在这条生已无欢的人生路上，看路旁风景凋萎，世道昏暗污浊，前途一片迷茫。知晓人生已坎坎坷坷过了大半，时日只是虚度，而上天又是如此反复无常，没有公理，自己的一腔志向恐怕已没有实现的可能。那么多无法言说、辩解的冤屈压在他身上，他想，自己大概会因精神极度压抑而过早夭亡，若果真如此也好，好过白发苍苍、如风中残烛之时，仍要忧心于自己老无所依，无处容身。

# 走向终点，悲伤地许愿

——刘向《愍命》节选

昔皇考之嘉志兮，喜登能而亮贤。情纯洁而罔薉兮[①]，姿盛质而无愆。放佞人与诌谀兮，斥谗夫与便嬖[②]。亲忠正之悃诚兮[③]，招贞良与明智。心溶溶其不可量兮，情澹澹其若渊。回邪辟而不能入兮，诚愿藏而不可迁。逐下袟于后堂兮[④]，迎宓妃于伊洛。刜谗贼于中霤兮[⑤]，选吕管于榛薄。丛林之下无怨士兮，江河之畔无隐夫。三苗之徒以放逐兮，伊皋之伦以充庐。

【注释】

①罔薉（huì）：不肮脏。
②便嬖（bì）：君主左右受宠幸的小臣。
③悃（kǔn）：诚恳。
④下袟（zhì）：宫中等级不高的姬妾宫人。
⑤刜（fú）：击，砍。中霤（liù）：室的中央。

161

人的一生，好比在走一个圆圈，最终总要追寻来时的足迹，回到原点。屈原走在人生的末路上时，曾动过无数次走另一条岔路离开的念头，而终于还是没有离开，只因他的魂灵所系，唯有自己最初的来处。

　　少时经历过的美好，那些遗失在时光暗影中的美好，早已成为此生最耀眼的回忆，高悬于难堪的现实之上，像救赎一样，熠熠生辉。他不由自主地想要花费一生去寻找，甚至不惜用生命去弥补和成全。那些从未实现的梦想，深爱过的人与事，在漫长岁月中烧成灰烬的渴盼，始终左右着他的选择，让他往不可更改的方向迈步。

　　在国都之外流浪时，屈原或许以为自己已经走得太远，远到偏离了最初的起点，实则他一直在原地绕圈，一直都在吟唱同一支悲歌。刘向在《愍命》中所描绘的那一幅政清人和的图画，便是屈原再单纯不过的渴慕：

　　昔日太祖性情纯净，才能出众，且有美好志向，能够举贤任能，放逐奸佞和谄媚的小人，斥退进谗者和邀宠的近臣，亲近忠心诚恳的贤者，招纳端正明智的忠臣。身为君王，他心胸宽广，简直到了无法测量的地步，性情恬静如深渊，真心不动不移，奸邪之辈根本无法侵入。他明辨是非忠奸，执政清明，山野间没有怨恨的高士，江河边没有隐居的贤人。

　　便是这样简单的良愿，让他渴慕了一生一世也不可得。那些遗失在历史指缝之间的美好之世，终究不能重现。一如他的人生，只能在时光的催逼下不断向前，无法回到任何一段过往，重温旧时安好无忧的滋味。所以，他也只能唱一支歌，盼一片景，许一个哀伤苍凉的愿，走向命定的终点，用生命殉祭他那从未断绝的对美好的痴望和留恋。

# 心已枯败，春日何时来

## ——王逸《伤时》节选

　　惟昊天兮昭灵，阳气发兮清明。风习习兮龢煖<sup>①</sup>，百草萌兮华荣。菫荼茂兮扶疏，蘅芷凋兮莹嫇<sup>②</sup>。愍贞良兮遇害，将夭折兮碎糜。时混混兮浇馈<sup>③</sup>，哀当世兮莫知。览往昔兮俊彦，亦诎辱兮系累<sup>④</sup>。管束缚兮桎梏，百贸易兮傅卖<sup>⑤</sup>。遭桓缪兮识举<sup>⑥</sup>，才德用兮列施。

**【注释】**

①龢煖（hé nuǎn）：犹"温暖"。

②莹嫇（míng）：枯萎凋落的样子。

③浇馈（zàn）：以羹浇饭，比喻浊乱。

④诎（qū）辱：委屈和耻辱。系累：束缚。

⑤百：百里奚，秦穆公时的贤臣。贸易：变易。傅卖：转而自卖。

⑥桓缪（mù）：春秋五霸中齐桓公和秦穆公的并称。缪，通"穆"。

　　春天应是楚国大地上最美丽的季节。与江南柔媚温婉、烟雨蒙蒙的春日不同，楚地定是没有江南那种天水氤氲的秀色、烟柳画屏的繁盛、和风絮语的迷离，它该是更蓬勃、更恣意、更辽阔壮美的那一种。春日降临，天更加湛蓝，风更加和暖，苍茫的江水一泻千里，山间泽畔，草木回春，生长得肆无忌惮，仿佛能听到万物"噼里啪啦"拔节生长的声音，闻得到植物、泥土和阳光蒸腾出来的芬芳味道。

吹面不寒杨柳风，东风的和煦如爱人纤柔的手指，轻抚着饱经冬寒之苦的人们。困守了一冬的人终于可以走出无聊暖房，走马旷野，软踏柔嫩芳草，倾听双燕呢喃，嬉戏斗草于采桑的小路，在风暖日和的大好美景中畅游，吐一吐胸中浊气。

可是，在这万物蓬勃之际，却有人如枯草般枯萎凋敝。不是在极盛时有了衰败的预感，不是叹恨这眼前的美景终有一日会消逝，不是哀伤于春尽后的凋残与狼狈，而是站在良辰好景面前，无心欣赏赞叹。因他心中还残留着刚刚过去的冬日，还记着冬日的肃杀气氛，记得天地间万物凋伤枯萎的情景，也因他心有戚戚焉，恨世道的肃杀并不随着春日的到来而结束。

这世间，仍是一个冰封的寒冬。堇菜、苦菜疯狂生长，枝繁叶茂，芬芳的杜衡、白芷却凋谢残败，好比小人得志，贤良之士却遭受祸患。"将夭折兮碎糜"，王逸这句话极重，叫人读了悚然而惊。不仅是夭折，而且身躯碎烂，世道浇漓至此，实在已没有丝毫希望，难怪他会在这温暖的春日伤时伤心，感受到彻骨的冷。

这身外的温煦天气，仿佛一种虚假的安慰，根本无法抚慰一颗凋敝的心。他并不关心春日盛景将来会如何轰然而逝，他只关心这世界何时能走出严冬的寒冷，抵达灿烂的春日明媚。

164

# 未至暮年，心早已老去

## ——王逸《愍上》节选

逡巡兮圃薮，率彼兮畛陌。川谷兮渊渊，山阜兮峉峉<sup>①</sup>。丛林兮崟崟<sup>②</sup>，株榛兮岳岳。霜雪兮漼澄<sup>③</sup>，冰冻兮洛泽。东西兮南北，罔所兮归薄。庇荫兮枯树，匍匐兮岩石。蹉蹋兮寒局数<sup>④</sup>，独处兮志不申。年齿尽兮命迫促，魁垒挤摧兮常困辱。含忧强老兮愁不乐，须发苧颖兮颣鬓白<sup>⑤</sup>，思灵泽兮一膏沐。怀兰英兮把琼若，待天明兮立踯躅。云蒙蒙兮电倏烁，孤雌惊兮鸣呴呴<sup>⑥</sup>。思怫郁兮肝切剥，忿悁悒兮孰诉告。

**【注释】**

①阜（fù）：土山。峉峉（è）：山势高大。

②崟崟（yín）：繁盛的样子。

③漼澄（cuī ái）：霜雪积聚的样子。

④蹉蹋（quán jú）：局促。局数（cù）：局促。

⑤苧（níng）：散乱。颣（piǎo）：头发斑白。

⑥呴呴（gòu）：鸟鸣声。

在后人的印象中，屈原一直都是那个站在湘沅之畔，衣袂飘飘，身佩香草，低吟高歌的诗人，永远年轻，永远热烈激昂。即便他在《渔父》中说自己"颜色憔悴，形容枯槁"，也改变不了他在世人心目中那洁白高贵的形象。

王逸在下笔写屈原的晚年时，大概也有过疑惑。在临死之前，屈原分明已经苍老了，可是，在他跳进汨罗江中结束生命之前，他也仿佛从来都不曾衰老。尽管他总说精神上的折磨会令自己早衰夭折、寿命不永，但身为忠臣的屈原和作为诗人的他，从来都是那个愤世嫉俗的爱国臣民，是那个坚持着天真理想，坚持保持最初的自己，坚持在人情世故之外活着的男子。世事变迁了多少年，而他一直在那里，一直都是那样纯挚，不圆滑，不妥协，不媚俗，未曾有丝毫改变。就算他不再有锦衣华服，他的心也一样清澈透亮，沾染不了世俗的污浊。

可是，或许自他遭流放的那一日起，他就已经老了。此前的生命，是昂扬，是自信，是向前的激情，而此后的生命，却只剩下回忆，只有愤恨、孤独、悲愁，再没有未来可言。一个人若连未来都没有，便已踏入暮年了。

流放生涯里，他常常独自逗留在山间泽畔，在小路上徘徊，在丛林里彷徨，沉默地看着一年年霜雪积聚，水面冰冻，时常东西南北茫然四顾，不知归程何处。在这样漫长得没有尽头的日子里，他唯一能做的便是回望过去。

他看到过往的路变得格外长，经历过的艰辛，遭遇过的痛苦，清晰毕现，那些印记刻在心上，好似永远不会消失，而已经流逝的时光却会变得触目惊心。他不知道从什么时候开始，时光竟能瞒天过海，悄无声息地汩汩流淌而过，等他回过神来，此生已如即将漏尽的沙漏，却不能如沙漏般，倒转过来，重新再活一次。

屈原身未至暮年，心却早早地站立在苍老的彼岸，形销骨立。生命的衰老，原来并不一定是身体的衰老，而是不可回避、不堪言说的现实，是心底看不见、摸不着的滋味。

# 悲愁哀痛，避不开的劫

## ——王逸《逢尤》节选

　　悲兮愁，哀兮忧。天生我兮当暗时，被谗谮兮虚获尤①。心烦愦兮意无聊，严载驾兮出戏游。

　　周八极兮历九州，求轩辕兮索重华。世既卓兮远眇眇，握佩玖兮中路踌。羡咎繇兮建典谟②，懿风后兮受瑞图。愍余命兮遭六极，委玉质兮于泥涂。遑偟遑兮驱林泽③，步屏营兮行丘阿④。车轹折兮马虺颓⑤，惷恨立兮涕滂沱⑥。

**【注释】**

①谗谮（zhuó zèn）：造谣诬陷。虚：平白无故地。

②咎繇：即"皋陶"，舜臣，掌刑狱。典谟（mó）：指大经大法。

③偟偟（zhāng huáng）：彷徨。

④屏营（bīng yíng）：彷徨。丘阿：山丘的僻静处。

⑤轹（yuè）：古代车辕与横木相连接的关键。虺（huī）颓：疲病。

⑥惷（chōng）恨：惆怅失意的样子。

劫数本是宗教里头的说法，比如，在佛教教义中，劫数包括"成、住、坏、空"四劫，坏劫时会有水灾、风灾和火灾出现，甚至导致世界毁灭，对这个世界而言，这便是"劫数难逃"。而人生的劫数，却没有这样清晰明了，那些厄运和灾难、痛苦和悲愁，它们在到来之前，总是藏身在如恒河沙数般的时光片段里，影影绰绰的，教人辨不分明。

至少于屈原而言是如此。当局者迷，身在局中的屈原看自己的人生和命运，或许尚觉心惊，尚有迷惑，而生于数百年后的王逸，却是旁观者清，心如明镜。屈原在被君主抛弃、放逐之前，纵然已有预感，也总还为自己留存了一丝希望，所以在最终的结局到来之时，他措手不及，仓皇慌乱。而王逸看向过去，却早早知晓那是屈原命里避不开的劫数。

他知道屈原一直以为只要付出就有回报，以为若在黑暗里坚持寻找光明，终有一天光明就会降临，以为自己深爱的一切，永远不会背弃，不会损毁。或许，谁都这般天真过，总要等到灾难变成坚不可摧的现实，才会承认命运翻手为云、覆手为雨，没有人是它的对手。

"天生我兮当暗时"，天生他于这昏暗的世道之中，从一开始他就已经输了，从一开始就不可能避开这场灾祸，这于屈原，真是痛彻心扉的领悟。世道是如此浑浊混乱，屈原却偏偏性洁志高，与之格格不入，若是在轩辕黄帝的时代或者明君尧舜的时代也就罢了，他生在乱世，却想要逆势而行，当然会遭遇不一般的祸患。

若他肯妥协一二，他的人生必定会发生翻天覆地的变化。可惜，他可以对时光妥协，对命运的无常妥协，却绝不会对名利、权势，对奸佞小人有半分妥协。他要的是太平治世，便不可让美政的理想受半分摧折；他要的是干净坦荡，哪怕生活在污泥里，身上心里，也不可掺杂一丝污浊。

在顺遂的境遇里、优裕的生活里坚持理想尚算容易，但是，在难堪的境遇下，在渴求理想而不得的现实里，全然拒绝妥协和屈服，该是怎样艰难。而对屈原来讲，这样的选择只是必然罢了。

他只能这样活，所以他只能是屈原，所以他避不开命里的劫，而他的晚年，也就注定了只能在悲愁哀痛的境遇里挣扎，无人可依。

不堪回首，故国早已经远去

# 战死疆场，也从不后悔

——屈原《国殇》

操吴戈兮披犀甲，车错毂兮短兵接。旌蔽日兮敌若云，矢交坠兮士争先。凌余阵兮躐余行①，左骖殪兮右刃伤②。霾两轮兮絷四马③，援玉枹兮击鸣鼓④。天时坠兮威灵怒，严杀尽兮弃原野。

出不入兮往不反，平原忽兮路超远。带长剑兮挟秦弓，首身离兮心不惩。诚既勇兮又以武，终刚强兮不可凌。身既死兮神以灵，子魂魄兮为鬼雄！

【注释】

①躐（liè）：践踏。行（háng）：军队的行列。
②骖（cān）：古时用四匹战马牵一辆战车，左右两旁的马叫骖。殪（yì）：死亡。
③絷（zhí）：拴住马足。
④枹（fú）：鼓槌。

楚地草木莽莽，江河滔滔，天地之间有一种蓬勃充沛的生命力，

172

又因是南国，阳光温柔，气候和暖，花树盛放，水泽蜿蜒，自有一股旖旎柔媚的气质。与金戈铁马、豪气干云的秦地相较，着实是纤弱了些，然而在战场之上，楚地男儿也自有他们的骄傲，这骄傲是将家国安危系于己身的骄傲，亦是保卫深爱之人的骄傲：金戈铁马，保全万里江山，是为了托起家园的和平；披荆斩棘，拯救国仇家难，只为早些与梦中人团聚——这骄傲足以让这些生于南国、长于南国的男子褪去畏死之心，爆发出惊人的力量。

人生短暂，如同晨曦中的一滴露珠，在第一道阳光的温暖下，就会转瞬消逝。生于乱世，这条命更是轻贱，不知何时就会埋没于无名之地。乱世中人往往也将生死看得淡了。听鼓角争鸣，望烽火边城，策马扬鞭，一骑绝尘，青春的渴慕与热盼都是战死沙场，报答家国双重恩。谁不知道远赴战场既辛苦又危险呢，但是保家卫国是每一个男人责无旁贷的使命，纵然战死疆场，留下一堆白骨，也誓死不悔。

至少在楚国，那些战死沙场、为国捐躯的将士的亡灵，会得到最好的缅怀和礼赞。屈原为他们写下《国殇》时，必是怀着最大的敬意和最饱满激昂的感情来祭奠他们的在天之灵。

自怀王当政以来，楚国与强大的秦国有过多次战争，大多都是楚国抵御秦军入侵的卫国战争，所以战死的将士大部分都是为保家卫国而死。面对强秦的虎狼之师，这些楚国的将士拿出了最大的勇气和胆魄，在以寡敌众、以弱抗强的战争中，始终士气高昂，与对手殊死搏斗。他们便是这样用鲜血、生命，一次次守卫了国土，保护了身后的国民。

屈原想到他们自加入军队，披上战甲的那一日起，便再也不能全身而退，想到最终他们手握兵器，安静地躺在杀气散尽的荒野之上，简直不能抑制心中热烈激昂的感情，他忍不住要用最美好的事物来修饰他们：他们拿着吴地出产的最锋利的戈矛，秦地出产的最强劲的弓箭，披着犀牛皮制成的盔甲，握着有美玉嵌饰的鼓槌；同时他还将最好的形容词给了他们："首身离兮心不惩。诚既勇兮又以武，终刚强兮不可凌"，"子魂魄兮为鬼雄"，他们即使身首分离也无所畏惧，他们英勇果敢、武艺超凡，永远刚强，不可凌犯，生时是人杰，死后亦为鬼雄。

# 远离故乡，叶落难归根

## ——东方朔《自悲》节选

　　居愁勤其谁告兮<sup></sup>①，独永思而忧悲。内自省而不惭兮，操愈坚而不衰。隐三年而无决兮，岁忽忽其若颓。怜余身不足以卒意兮，冀一见而复归。哀人事之不幸兮，属天命而委之咸池<sup></sup>②。身被疾而不闲兮，心沸热其若汤。冰炭不可以相并兮，吾固知乎命之不长。哀独苦死之无乐兮，惜予年之未央。悲不反余之所居兮，恨离予之故乡。鸟兽惊而失群兮，犹高飞而哀鸣。狐死必首丘兮，夫人孰能不反其真情？故人疏而日忘兮，新人近而俞好<sup></sup>③。莫能行于杳冥兮，孰能施于无报？

【注释】

①愁勤（qín）：愁苦抑郁。

②属（zhǔ）：托付。咸池：天神。

③新人：指善于阿谀与惯进谗言，现在得势之人。俞：通"愈"，更加。

当杜甫于战乱里思念兄弟时，故乡是白露为霜夜未央，亦是世间最圆满的那一轮月，还是关乎生死的一抹阴郁和绝望：他不知道在人生的哪个季节，原本亲密的人会突然离散，从此天涯两相隔，江湖两相忘，也不知道在不远的将来，家国是否会沦丧，亲朋何时会凋零。

当李煜悲吟国破家亡时，故国却是别时容易见时难，是流水落花，天上人间。当年他仓皇辞庙时，教坊仍奏别离歌，堂堂一国之君，垂泪对宫娥。四十年来家国，三千里路山河，在归为臣虏之时，尽数灰飞烟灭，从此他唯有歌不完的悲哀，流不完的清泪，叹不完的愁恨，而他遥望了无数遍的故土却成了遍寻不着的、再也回不去的梦境。

归去是极容易的事，无非是翻越几座山、跋涉几条河。可是，总有那么多人，或耽搁在仕途功名上，或沉溺于命运的关节处，或走不出那一道由时光、兴亡、心结构筑的围城，无法跋山涉水回到故地。

东方朔最初走进朝堂，也是为实现抱负，可惜这一条理想之路走得越来越艰难。他是欲求青云之志而不得，欲退回原地又不舍，结果只好在郁郁的遭际中蹉跎了此生最好的年华。他写《自悲》，是为回不去的屈原而悲伤，亦是为永恒失落了华年的自己而哀痛。

对离开国都已数年的屈原而言，故土自是可望而不可即的念想。即便律法不允许他私自离开流放地，但若真的下了决心，他也能回去。可是回去又如何？又有何处可以立足？东方朔看他的后半生，当是满心的荒诞感受，这位名扬万世的大诗人，生前却被关进了一个永远解脱不了的怪圈：想回去，却不能回去；想要为国效力，偏偏谁都不许他效力；他至死都想寻回原来的安身立命之地，却至死也未寻回；他心念故地，偏偏他的故地在他无从触及的时空里，无可挽回地走向衰败和灭亡。

种种悲剧，诸般不幸，折磨着他，如沸水般煎熬着他，让他五内俱焚，难怪他要将这多舛多艰的命运归咎于上苍。倘若不是苍天的过错，那么是谁造就了他的悲剧命运？君王吗？进谗的小人？或是他自己？放逐后的屈原，定是有过无数次反思，反思过后，他终于明白，自己行事光明磊落，操守坚定清白，做任何事都问心无愧，可昭日月，错的是这个以黑为白的世界。

但是，最令人悲伤的，不是远离君王，旧臣被日渐遗忘的事实，也不是岁月无情流逝，年华逐渐老去，寿命不永，且至死都将孤独无乐的预想，而是远远离开了故乡，从此不能返回故居的蚀骨的遗憾。

这样的遗憾，东方朔自是感同身受。所以他写："鸟兽惊而失群兮，犹高飞而哀鸣。"鸟兽总会归巢，谁不想叶落归根？偏偏屈原不能，他东方朔也不能。那一片望之不及、思之不尽的故土，已化作一个关于归程与终点的象征符号：他们都终有一日要回到自己生命的起点，为一生的旅程画下句点。

# 一旦国破，就一同赴死

——屈原《哀郢》

皇天之不纯命兮，何百姓之震愆！民离散而相失兮，方仲春而东迁。去故乡而就远兮，遵江夏以流亡。出国门而轸怀兮，甲之鼌吾以行。

发郢都而去闾兮，荒忽其焉极？楫齐扬以容与兮，哀见君而不再得。望长楸而太息兮，涕淫淫其若霰。过夏首而西浮兮，顾龙门而不见。心婵媛而伤怀兮，眇不知其所蹠。顺风波以从流兮，焉洋洋而为客。凌阳侯之氾滥兮，忽翱翔之焉薄。心绖结而不解兮，思蹇产而不释。将运舟而下浮兮，上洞庭而下江。去终古之所居兮，今逍遥而来东。羌灵魂之欲归兮，何须臾而忘反。背夏浦而西思兮，哀故都之日远。登大坟以远望兮，聊以舒吾忧心。哀州土之平乐兮，悲江介之遗风。当陵阳之焉至兮，淼南渡之焉如？曾不知夏之为丘兮，孰两东门之可芜？

心不怡之长久兮，忧与愁其相接。惟郢路之辽远兮，江与夏之不可涉。忽若不信兮，至今九年而不复。惨郁郁而不通兮，蹇侘傺而含戚。外承欢之汋约兮[1]，谌荏弱而难持[2]。忠湛湛而愿进兮，妒被离而鄣之。尧舜之抗行兮，瞭杳杳而薄天。众谗人之嫉妒兮，被以不慈之伪名。憎愠怆之修美兮[3]，好夫人之忼慨[4]。众踥蹀而日进兮[5]，美超远而逾迈。

乱曰：曼余目以流观兮，冀壹反之何时？鸟飞反故乡兮，狐死必首丘。信非吾罪而弃逐兮，何日夜而忘之？

**【注释】**

①汋（chuò）约：本义指柔美的样子，此处形容小人谄媚的样子。

②谌（chén）：确实。荏（rěn）弱：软弱。

③愠怆（yùn lǔn）：怨思蕴积于心的样子。

④夫（fú）人：此处指小人。忼（kāng）慨：即"慷慨"，形容情绪激昂奋发的样子。

⑤踥蹀（qiè dié）：行走的样子。

屈原第一次遭逐，是怀王在位之时。后来怀王客死秦国，顷襄王登位，令尹子兰进献谗言，致使屈原被放江南之野。恰在此时，秦国攻楚，楚军大败，损失兵将五万、城十五座。秦军更沿汉水而下，直逼郢都。因此，屈原踏上放逐之路时，恰与向东流徙的流亡百姓相遇。

当时，滔滔汉水之畔，人流拥挤如潮，哭声直上云霄，那慌乱、仓皇的氛围，悲惨的画面，太过夺人心魂，以至于他在九年后写下一曲关于故国的哀歌时，仍铭记于五内，未曾忘却分毫。

人在痛苦至极时，常将发泄矛头指向天地，呼天抢地，其实已是无言之言。屈原心底何尝不知，真正有过错的并非皇天，而是狼子野心的秦国，以及外强中干、积重难返的楚国，可是，他既无力改变现实，又目睹了这般残酷的现实，便只好诉诸皇天，盼着郁积于心的痛楚能够稍减几分。

郢都受到秦军威胁之时，深爱家国的屈原却因为小人的迫害、君王的昏庸而不得不离开都城。当他走出郢都城门时，真是心如刀绞，他不断地回过头去，上船之后仍不忍离去，举起船桨任船在水上漂流，哪怕是推迟一瞬间也好，他实在不想离开：谁知道此番离去，还能不能再回到国都，能不能再见到君王？谁知道这座几百年的都城会不会在战火中毁于一旦？谁能保证他将来归去之地，不会是一处废墟，不会是一个早已灭亡的国家？

思君、爱国、忧民之心杂糅于五内，痛彻心扉，催人肝肠。他多想今日在朝堂上辅佐君王的人是自己，而不是那些只懂逢迎、只顾一己利益、毫无忧国忧民之心、毫无治国安民才能的奸佞之徒。

尽管朝堂黑暗至此，君王无知至此，他仍然心心念念想要回去。"鸟飞反故乡兮，狐死必首丘"，鸟雀无论飞到哪里，终究要回到故乡，狐狸即便死了，头也会向着栖居的山丘的方向，他也终有一日要回到自己的来处，若故国已死，那就与它一同赴死。毕竟那是他最深爱的地方，就算有一天毁灭了，也仍然是他的根。

# 触目所及，尽让人断肠

## ——屈原《河伯》

　　与女游兮九河①，冲风起兮横波。乘水车兮荷盖，驾两龙兮骖螭。

　　登昆仑兮四望，心飞扬兮浩荡。日将暮兮怅忘归，惟极浦兮寤怀。

　　鱼鳞屋兮龙堂，紫贝阙兮朱宫，灵何为兮水中？

　　乘白鼋兮逐文鱼②，与女游兮河之渚，流澌纷兮将来下。

　　子交手兮东行，送美人兮南浦。波滔滔兮来迎，鱼鳞鳞兮媵予③。

【注释】

①女：通"汝"，你。

②鼋（yuán）：大鳖。文鱼：有花纹的鱼。

③鳞鳞（lín）：通"粼粼"，形容众多。媵（yìng）：送别。

　　王维的《九月九日忆山东兄弟》曰："独在异乡为异客，每逢佳节倍思亲。遥知兄弟登高处，遍插茱萸少一人。"思亲之作，古来大多如是。佳节至，独在异乡，登高远望，忆及往昔欢聚之景，感怀而今孤寂一人，无尽落寞悲凉尽数涌上心头。

人言故乡月，最分明。若是身在他乡，与故地相距万里，纵使春风得意，平步青云，亦难免寂寥悲切之感。屈原写《河伯》，本是为祭黄河之神而写的祭歌：主祭者与河伯一起驾着飞龙遨游，从波涛翻滚的大河溯流而上，直到抵达黄河的发源地昆仑，最后河伯与主祭者告别，继续东行巡视。本是一场盛大威赫的远游，屈原笔力亦是雄健洒脱，"冲风起兮横波""心飞扬兮浩荡"，却仍于不经意间流露出思乡伤怀之情。

大风起兮云飞扬，河伯以神龙为驾，于风起云涌间刹那抵达遥远的昆仑，登高远望，见黄河之水浩浩荡荡，恍如从天上而来，顿觉心胸开阔，意气飞扬，然而转瞬间，却"日将暮兮怅忘归，惟极浦兮寤怀"，恨天色渐晚，忘了归去，极目眺望，河水尽头处的故乡，让他寤寐怀想。

河伯的家自然在水中，那锦鳞披盖的华屋，雕绘蛟龙的大堂，紫贝堆砌的城阙，朱红涂饰的宫殿，奢华富丽，屈原却问："灵何为兮水中？"河伯你为什么住在这水中？

这真是无理之问。只因屈原笔下虽祭河伯，实则言说的却是一己胸怀。昆仑是屈原远祖的出生地，自然也是他的故乡，他却站在高入云霄的昆仑山上，远望万里之外的楚地。在他心里，汉水、湘水之畔的楚国，他为此付出心血和深情的那一片地域，才是他心之所系的故乡。

排遣乡愁时，人们总喜欢于高处远望，只因自己与故乡之间的距离是那样遥远，总盼着目光穿山越水，即使抵达不了故乡的土地，也可抵达故乡的那一方晴空。

　　然而于高楼上倚栏远望，本就是一个伤情的举动。心中牵系着远方时，触目所见，不是芳草萋萋，便是斜阳烟柳，徒然牵惹出断肠之哀，即便如屈原，见了浩荡的风景，也仍会因思念而恨归乡的路途遥远漫长。

# 故国已远，乐景里生悲

——王褒《尊嘉》

　　季春兮阳阳，列草兮成行。余悲兮兰生，委积兮从横。江离兮遗捐，辛夷兮挤臧。伊思兮往古，亦多兮遭殃。伍胥兮浮江，屈子兮沉湘。

　　运余兮念兹，心内兮怀伤。望淮兮沛沛，滨流兮则逝。榜舫兮下流<sup>①</sup>，东注兮礚礚<sup>②</sup>。蛟龙兮导引，文鱼兮上濑。抽蒲兮陈坐，援芙蕖兮为盖。水跃兮余旌，继以兮微蔡。云旗兮电鹜，倏忽兮容裔。河伯兮开门，迎余兮欢欣。

　　顾念兮旧都，怀恨兮艰难。窃哀兮浮萍，汜淫兮无根<sup>③</sup>。

【注释】

①榜（bàng）：摇桨使船前进。舫（fǎng）：相并连的两艘船。
②礚礚（kē）：水石撞击的声音。
③汜（fàn）淫：漂浮不定。

　　"季春兮阳阳，列草兮成行"，季候已是晚春，风和日丽，天气和煦，百草繁盛成行，大地上勃勃生机，王褒笔下的屈原却忽然于乐景里生悲。草木虽盛，百花香草却已凋谢，他眼看着兰草凋零，芬芳江离被丢弃一旁，美丽的辛夷湮没无闻，想到前世贤人也如这些美好的植物一般遭逢灾祸，心中悲痛万分。

乐景里生悲，总是因为心中早就存了悲哀。并不是在盛景里蓦地体验到衰瑟、萧索和忧愁，这当是从一开始就深藏于王褒心底的滋味。所以他写屈原时，亦是将心比心。

当屈原被远远放逐于国都之外，站在淮河岸边看流水汩汩东逝，心中自然萌生了逐水而去的念头。他想象着驾一叶扁舟顺流而下，拔一把蒲草铺设座席，采摘荷花做成船篷，河流中水石相激，蛟龙在前方引路，长着花纹的大鱼带着他穿越急流。四周水花翻卷，远处惊涛骇浪，他挂起云旗如风一般行驶，既惊险又畅快，水神河伯甚至大开宫门，欢天喜地迎接他的到来。

洋洋洒洒一段话，丝毫不提及自己的心情，分明是故国和君王赫然立于回忆的中心，他却总是别过头去，转笔去写其他。分明是漫长的时空阻隔了他们，故国已遥不可及，他却偏偏会在任何风景面前、任何想象中想起那再也回不去的故都。故国好比扎在心尖上的一根刺，一经触碰便痛。他虽以上天入地的想象对抗现实的尖刺，却未料到一切所思所想，都是绵里藏针。究竟是坎坷多艰的遭际让他的两鬓染了风霜，还是自己心甘情愿地为这场贯穿一生的思念熬白了头，屈原怕是早已不能分辨。

# 哪里有人，哪里有纷争

## ——王逸《遭厄》

　　悼屈子兮遭厄，沉玉躬兮湘汩。何楚国兮难化，迄于今兮不易。士莫志兮羔裘，竞佞谀兮谗阋[1]。指正义兮为曲，訾玉璧兮为石[2]。鸱雕游兮华屋[3]，鹝鸡栖兮柴蔟[4]。起奋迅兮奔走，违群小兮謏询[5]。

　　载青云兮上升，适昭明兮所处。蹑天衢兮长驱，踵九阳兮戏荡。越云汉兮南济，秣余马兮河鼓。云霓纷兮晻翳，参辰回兮颠倒。逢流星兮问路，顾我指兮从左。径娵觜兮直驰[6]，御者迷兮失轨。遂踢达兮邪造，与日月兮殊道。志闳绝兮安如[7]，哀所求兮不耦。攀天阶兮下视，见鄢郢兮旧宇[8]。意逍遥兮欲归，众秽盛兮沓沓。思哽馈兮诘诎[9]，涕流澜兮如雨。

**【注释】**

①阋（xì）：争吵。

②訾（zǐ）：诋毁。

③鸱（chī）："鸥"的错体，恶鸟。
④鹓鸰（jùn yí）：神俊之鸟。
⑤謏诟（xǐ gòu）：辱骂。
⑥俓（jìng）：经过。婾訾（jū zī）：星名。
⑦阏（è）绝：阻断。
⑧鄢（yān）郢：楚国都城。
⑨哽饐：因悲伤而气息滞塞。诘诎（jié qū）：艰涩。

　　自屈子身死后，几乎所有人都会读着他的一生，吟唱着他被放逐后写下的悲歌，痛惜他的悲剧人生。而所谓"悲剧"，并非一个悲伤的、不得圆满的结局，而是命运的轨迹与一个人的所思、所求背道而驰，是一个高洁的魂灵毫无过错，却无端遭受厄运，是从理想的最高处瞬间跌入现实最低微、最污浊之处的眩晕般的落差感。

　　当王逸在《遭厄》中写下"悼屈子兮遭厄，沉玉躬兮湘汨"时，他意识到，屈子的悲剧好比一个死结，永远无法解脱。并非唯有楚国国运难以扭转，难以感化，即使隔了几百年，时代也仍然改变无多，悲剧始终不曾断绝。一国朝堂中，总有精忠报国的贤臣，也总有互相争斗、竞相阿谀的小人，公理正义总会被指为谬误，美好的玉石也依旧容易被诋毁，恶鸟仍然盘桓于华堂之上，神鸟一如既往栖息于柴草堆中。

　　邪恶从来不会被彻底消灭，纯粹的理想的时代永远不会到来。这不是绝望的结论，而是客观的、不偏不倚的现实。一味地慨叹生不逢时、怀才不遇，其实毫无意义。

倘若因国家风雨飘摇，便弃之而去，因君王昏庸无用，便违背忠心，因小人横行于世，便高飞远走，那么最后注定无路可走。那个想象中的天庭并不存在于世，即使真的可以就此脱逸而去，天庭之上未必没有争斗，未必没有昏聩之辈，未必不会如尘世一般，星象混乱，云气迷蒙，难辨方向。到那时，又该何去何从？

　　屈原在云层之上向下观望，看见故国郢都时，飞升的心意立刻动摇，恨不得立刻归去。若非"意逍遥兮欲归"的念头和"众秽盛兮沓沓"的现实之间的矛盾难以调和，他恐怕早就回去了。时代、家国、君王虽是他的敌人，他的伤痛，到底也是他唯一的、赖以存在的依托和骄傲。

# 同样煎熬，郁郁不得志

## ——王逸《怨上》节选

令尹兮謷謷[1]，群司兮谀谀[2]。哀哉兮湿湿[3]，上下兮同流。菽藟兮蔓衍[4]，芳蕙兮挫枯[5]。朱紫兮杂乱，曾莫兮别诸。倚此兮岩穴，永思兮窈悠。嗟怀兮眩惑，用志兮不昭。将丧兮玉斗，遗失兮钮枢。我心兮煎熬，惟是兮用忧。

**【注释】**

①謷謷（áo）：傲慢妄言。
②谀谀（nóu）：多嘴多舌。
③湿湿（gǔ）：混乱的样子。
④菽藟（shū lěi）：比喻小人。
⑤蕙（xiāo）：香草名，即白芷。

除了《楚辞章句》和《九思》组诗，王逸一生留下的印迹极少，后人只知他官位不高，浮沉终生，而他笔下所记，又都是他人的人生和悲喜，仿佛他在这世间并没有真正生活过，唯有文字是他的代言。

幸而，读他的文字，也就够了，因为他此生所有的心事都在其中。看他凄凄诉说屈原一生，以《怨上》为名，说屈原对那个曾经重用、信任，也抛弃、放逐他的君主，是如何爱之深刻，亦恨之痛切，便知王逸当时的心境。

当他初出茅庐，心中萌生了经世安民的理想，是君王容纳了他，给了他一个施展才华的舞台；当他施行改革，阻力重重时，是君王站在他身后，给予他庇托；而当他不顾惜自身安危和得失，一心为国谋利，为民造福，想要让那个美好的理想成真时，是君王摧毁了他——这固然是屈原的遭际，亦可当作王逸自己的写照。所有的郁郁不得志，总有相同的根源。

这是一个偌大的朝堂，他们都曾经幻想在其中大展拳脚，尽显才华，信手构建未来的蓝图，大笔勾勒出未来人生的模样；这也是一个狭窄的朝堂，身在其中的他们，只能身不由己地辗转，再辗转，遭污，再遭污，由不得自己做主，这里没有一条路供他们抵达理想之所。

所以，对君王、朝堂，他们的心中一直有深爱，也一直都有痛恨、怨尤——因为爱之深，才有恨之切，若不爱，何必去反抗、去唾弃？

所谓"怨上"，可指对上天的怨尤，但在此，矛头当是直指高高在上的君主。在上者，俯视苍生，本该清明睿智，明察秋毫，可是在当时的楚国，小人的一句傲慢妄言，便让君王不辨是非，百官之言，君王完全不能分辨好坏，如此一来，朝政当然混乱不堪，国家也自然会江河日下；而在王逸所处的东汉，宦官当权，君王不朝，政局一样动荡不安。

念及君王的昏聩，看着杂草遍地繁衍，香草却枯萎摧折，他不由得心如油煎、悲愤不已，痛惜一国之君被奸佞迷惑，痛惜国将不国，政权即将失去砥柱，痛惜自己只能眼睁睁看着这一切发生，什么也不能做。

现实令人厌倦，王逸也好，屈原也罢，都是要改变而不得，只能一直流浪在心爱的土地上，直到有一日这土地不再容纳他、供养他。

# 远走高飞，忧愁难散去

## ——刘向《逢纷》节选

　　始结言于庙堂兮，信中途而叛之。怀兰蕙与衡芷兮，行中野而散之。声哀哀而怀高丘兮，心愁愁而思旧邦。愿承闲而自恃兮，径淫曀而道壅。颜黴黧以沮败兮，精越裂而衰耄<sup>①</sup>。裳襜襜而含风兮<sup>②</sup>，衣纳纳而掩露。赴江湘之湍流兮，顺波凑而下降。徐徘徊于山阿兮，飘风来之洵洵。驰余车兮玄石，步余马兮洞庭。平明发兮苍梧，夕投宿兮石城。芙蓉盖而菱华车兮<sup>③</sup>，紫贝阙而玉堂。薜荔饰而陆离荐兮，鱼鳞衣而白蜺裳。登逢龙而下陨兮，违故都之漫漫。思南郢之旧俗兮，肠一夕而九运。扬流波之潢潢兮<sup>④</sup>，体溶溶而东回。心怊怅以永思兮，意晻晻而日颓<sup>⑤</sup>。白露纷以涂涂兮，秋风浏以萧萧。身永流而不还兮，魂长逝而常愁。

**【注释】**

①精越裂：精神上灰心失意。衰耄（mào）：衰老。

②襜襜（chān）：衣服迎风飘动。

③菱：水生植物。

④潢潢（guāng）：深广。

⑤晻晻（yǎn）：抑郁愁苦。


　　若非遭到流放，屈原本该是一个于朝堂之上勤谨勉励的贤臣，胸怀天下，既有改革朝政的魄力，也有辅佐君王施政的手段。可是一朝遭逐，从此他在后人心目中便成了一个行吟泽畔、头戴高冠、身佩香草美玉，却形容憔悴、颜色枯槁的诗人。

　　命运遭遇不幸之时，却是诗之大幸。如李煜，本就有作词的才华，却一直要等到失落了家国、失却了帝王之位后，他的词才迸发出真正的华彩，才拥有了穿越千年时光、穿透世事人心的力量。屈原亦是如此。并不是在遭逐之后，他才开始吟唱诗歌，而是在经历过命运的挫败，品尝过孤独滋味，切肤体验过世界的荒谬之后，他的诗歌才泯灭了浮华，融贯了苦痛，牵扯了血肉，才能于千年之后，仍然撼动世人心魂。

　　刘向写《九叹》，便想象着屈原在湘水泽畔哀哀叹息："声哀哀而怀高丘兮，心愁愁而思旧邦。"他忆起过去君王曾与他在庙堂约定，如今君王随意毁弃前言，将他赶离出国都，放逐于原野，他抱着满怀香草，兰蕙衡芷，芳香袭人，却只能尽数抛弃于荒野之上。前途昏暗，道路阻塞，即使他有竭智尽忠之心又如何？时日一天天过去，诗人眼看垂垂老矣，就算再有心，也已无力。

　　怀念朝廷，思念郢都，以致声哀哀，心愁愁，除了行吟泽畔，驾车远走高飞，倾诉心中苦闷，他再无其他办法，可排解这份痛苦之万一。天上地下的远游如此华美，荷花做盖，菱花做车，驾着华车去向玄石山，在浩渺苍茫的洞庭湖边歇息，黎明时分，从苍梧山出发，黄昏抵达石城，投宿在紫贝砌成的楼台，白玉铺成的厅堂，穿上鱼鳞一样美丽的上衣、洁白的群裳，睡在薜荔装饰的卧席之上。可是，当他登上逢龙山向下张望时，忧愁仍如雾一样弥漫了他的整个身心。

去国的道路是这么漫长，隔山隔水，遥不可及。这不仅是地域上的遥远，更是心理上的遥远。若君王不能给予他信任，若在朝堂之上，他没有实践理想的自由，那么，即使他日日随侍君王身侧，也与流放并无二致。一个不能与他心意相通的君王，一个不能在他的治理下蒸蒸日上的国家，一个再无用武之地的朝堂，与他隔着太过漫长的距离，此生此世，都不可能再次相遇。

# 用情太深，无情是极致

## ——王褒《株昭》

悲哉于嗟兮<sup>①</sup>，心内切磋。款冬而生兮，凋彼叶柯。瓦砾进宝兮，捐弃随和。铅刀厉御兮，顿弃太阿。骥垂两耳兮，中坂蹉跎。寒驴服驾兮，无用日多。修洁处幽兮，贵宠沙劘<sup>②</sup>。凤皇不翔兮，鹌鹑飞扬。

乘虹骖蜺兮<sup>③</sup>，载云变化。鹪鹏开路兮<sup>④</sup>，后属青蛇。步骤桂林兮，超骧卷阿。丘陵翔舞兮，溪谷悲歌。神章灵篇兮，赴曲相和。余私娱兹兮，孰哉复加。

还顾世俗兮，坏败罔罗。卷佩将逝兮，涕流滂沱<sup>⑤</sup>。

乱曰：皇门开兮照下土，株秽除兮兰芷睹。四佞放兮后得禹<sup>⑥</sup>，圣舜摄兮昭尧绪，孰能若兮愿为辅。

---

**【注释】**

①于（xū）嗟：即"吁嗟"，叹息。

②沙劘（mó）：微小。

③骖：驾驭。蜺（ní）：即"霓"，雌虹。

④鹪鹏（jiāo míng）：神鸟。

"悲哉于嗟兮，心内切磋"，如天外之音，破空而来，仿佛已经再也无法忍耐心中悲伤。也难怪，看那楚国大地上，小草款冬生长得欣欣向荣，而它的枝叶根茎却已凋谢，瓦块石头被视作宝贝，宝珠玉璧却被丢弃在一旁，钝刀受到重用，利剑却被废置，良马失足跌倒，默默垂首无言，瘸腿的毛驴却拉着大车，凤凰神鸟无法飞翔，鹌鹑小雀却四处喧嚷，怎不教人捶足顿首，忧心如焚？

无能的庸人越来越多，猥琐的小人得到尊重，清白美好的忠臣贤士却靠边站，这就是楚国的不堪现实。这样的国家还有什么值得留恋？贤者又何必停留于此？不如驾起彩虹，乘坐云气，直飞天际。让神鸟在前方开路，青蛇在后跟随，朝着桂树之林奔驰，穿越蜿蜒曲折的山峦，这是何等畅快之事，何必非要留在一个已经没有希望的地方，任君王漠视，受小人踩躏？

这世界本就是如此辽阔，丘陵土山能够翩翩起舞，山谷溪流也能慷慨悲歌，为什么不能抛下那沉重得无法承受的责任和理想，追求纯粹的自由和愉悦？

王褒写《株昭》，下笔是悲音，顿笔处却是无情：听诗中主人公娓娓道来，好似全是怨恨，全是责难。家国的现状已是如此狼狈不堪，他却只想隐遁而去，再不去蹚这趟浑水，尤其末尾处说"圣舜摄兮昭尧绪，孰能若兮愿为辅"，谁能如尧舜那样贤明，他才愿意辅佐，似乎对家国和君王已失望至极，再无一丝怜惜。实则情重时是伤心，情到深处情转薄，却显得无情了。

　　情深至极，如漫天冷月清辉，热烈却只有清冷的光。无情何尝不是情的极致，只因什么样的话语都倾诉不了如此炽情，他只能任它在岁月的流逝里、在他可憎的命运里淡了又淡，却浓郁到遮盖了所有，他提及也好，不提及也罢，家国都在他心底。哪怕是憎恶、是斥责、是无情地离去，亦是他用情太深，被伤得太重，才有如此悲怆的玩世不恭。

**图书在版编目 (CIP) 数据**

两千年前的秋水莲开 : 楚辞 / 玉临风著 . — 北京 : 中国华侨出版社 , 2021.3（2021.5 重印）

ISBN 978-7-5113-8338-9

Ⅰ . ①两… Ⅱ . ①玉… Ⅲ . ①楚辞 – 诗歌欣赏 Ⅳ. ① I207.223

中国版本图书馆 CIP 数据核字（2020）第 202818 号

**两千年前的秋水莲开：楚辞**

著　　者 / 玉临风

责任编辑 / 高文喆　桑梦娟

封面设计 / 冬　凡

文字编辑 / 黎　娜

美术编辑 / 潘　松

经　　销 / 新华书店

开　　本 / 880mm×1230mm　1/32　印张 / 6.5　字数 / 150 千字

印　　刷 / 三河市华成印务有限公司

版　　次 / 2021 年 3 月第 1 版　　2021 年 5 月第 2 次印刷

书　　号 / ISBN 978-7-5113-8338-9

定　　价 / 36.00 元

中国华侨出版社　北京市朝阳区西坝河东里 77 号楼底商 5 号　邮编：100028

法律顾问：陈鹰律师事务所

发 行 部：（010）88893001　　　传　真：（010）62707370

网　　址：www.oveaschin.com　　E－mail：oveaschin@sina.com

如果发现印装质量问题，影响阅读，请与印刷厂联系调换。